君のクイズ

小川　哲

朝日文庫

本書は二〇二二年十月、小社より刊行された
ものです。「僕のクイズ」は書き下ろしです。

目次

君のクイズ

君のクイズ

　白い光の中にいた。下半身の感覚がなくて、宙に浮いているような気分だった。きっと長時間の生放送で緊張と緩和を繰り返してきたからだろう。緊張と緩和。お笑い芸人の間で「笑いの基本」として挙げられる、「緊張の緩和」という落語理論を提唱した、上方《かみがた》落語界を代表する落語家は――僕は脳内で早押しボタンを押して、「桂枝雀《かつらしじやく》」と答える。僕はよく、思考がクイズに向かってしまう。真剣に考えごとをしていたはずなのに、いつの間にかクイズを解いていた、そんな経験もよくある。

　顔をあげて周囲を見渡す。テレビ用の照明が眩《まぶ》しくて、スタジオにいた百人の観覧者の顔は見えなかった。隣に立っている対戦相手の本庄絆《ほんじようきずな》の横顔を見る。まっすぐ伸びた鼻筋に汗の粒が浮かんでいる。僕は目を閉じる。本庄絆の気配が消えてなくなる。番組のMCを務めるお笑い芸人と女優も、観覧席にいるはずの両親と兄も、生放送のテレビを見ている数多くの友人も、世界のどこにもいない。僕はただ真っ白な光の中にいて、目の前にはクイズだけが存在している。何年かに一度、こういう状態になることがある。スポーツ選手における「ゾーン」みたいなものなのかもしれない。「打撃の神様」の異名《いみよう》を持ち、「ボールが止まって見える」の名言でもお馴染《なじ》みの、読売《よみうり》巨人軍の選手、監督だった人物は——川上哲治《てつはる》。

クイズが止まって見える。そんな言葉を口にしたくなるくらい、頭が回っていた。

僕は右手を伸ばした。手のひらの中で、クイズは霧のように溶けていった。新しいクイズが浮かびあがり、そしてまた消えた。これまで僕が出会ってきたクイズと、これから僕が出会うはずのクイズが、僕の体のまわりに漂っていた。

僕は第一回『Q-1グランプリ』のファイナリストとして、六本木のスタジオの解答席に立っていた。次は第十五問目が出題されるところだ。七問先取の短文早押しクイズで、僕はすでに六問正解していた。対戦相手の本庄絆は今のところ五問正解で、つまり次の問題に僕が正解すれば、僕は第一回『Q-1グランプリ』の覇者《はしゃ》となる。賞金は一千万円——手にしたことのない大金で、おそらくそれなりに人生が変わる額だ。

その日の僕は、クイズ人生でも最高に調子が良かった。押すべきポイントで押せていたし、苦手なジャンルの問題でもいくつかポイントを拾えていた。そして何より、大舞台《おおぶたい》なのに緊張もせず、クイズを楽しんでいた。こんなにクイズが楽しかった記憶はなかなか思い出せない。

僕は自分が勝つと思っていた。もちろん、本庄絆の強さもよく知っていた。というか、決勝の場で対戦する中で、彼の強さを知ってしまった。正直に言えば、今日まで彼のことを見くびっていた。彼は広辞苑を丸暗記したような頭でっかちのテレビタレントで、クイズなんて全然できないと思っていた。でも実際には違っていた。隣で早押しを競ってきたからよくわかる。彼はクイズという競技の勉強をしていた。この短期間でどれだけ努力したのか想像もできないほどに。

それでも僕は、どんな問題が来ても本庄絆より先に正解にたどり着くと確信していた。僕は十年以上、毎日のようにクイズをしてきた。付け焼き刃《つけやきば》の努力には負けない。クイズという競技の中だったら、かならず勝つことができる。かならず勝つ。自分に言い聞かせるように繰り返す。かならず勝つ。

スタジオは静まりかえっている。耳をすますと自分の心臓の鼓動が聞こえる気がする。おそらく錯覚だろう。テレビや映画の演出とは違い、人体は自分の心臓音が聞こえるようにできてはいない。本当に聞こえていたらそれはきっと耳の病気で、「拍動性耳鳴《じめい》」という。「拍動性耳鳴」が答えのクイズには出会ったことがない。専門性が高くてクイズには向いていないからだろう。でも僕は、クイズとは無関係にこの言葉を知っている。二年前、僕の母が罹患《りかん》したからだ。

いいぞ、悪くない。僕の頭はよく回転している。ノビのある直球を「火の玉ストレート」とも評される、元阪神タイガースの野球選手は――藤川球児。僕の頭は藤川球児のストレートくらい回転している。

CMが明ける。番組のMCが「さあ、決勝の舞台も終盤です」と言う。「はたして次の問題で王者が決定するのか。それとも本庄絆が粘《ねば》りを見せるのか」

僕は目をゆっくりと開き、息を吸って吐いた。手元の早押しボタンの感触を指先で確かめた。

ディレクターが合図をする。問い読みのアナウンサーが息を吸う。

「問題――」という声が聞こえる。それと一緒に、観覧席から「あと一問」という誰かの声も聞こえる。あと一問で、僕は優勝する。

僕は集中する。クイズに対して、百パーセント集中する。

「仏教において極楽浄土に住むとされ、その美しいこ――」

僕も反応したが、解答権を示すランプが点《つ》いたのは対戦相手の本庄絆だった。押し負けたのは、油断したからではなかった。本庄絆の押しが完璧すぎたのだ。僕は考える。「美しいこ――」は「美しい声」しかない。極楽浄土に住んでいる美しい声の持ち主――答えは一つに確定している。知識さえあれば正解できる問題だ。そして、本庄絆は誰よりも知識を持っている。

カメラマンの足元には大きなモニターがあって、そこにはテレビで放映されている僕たちの姿が映しだされている。

解答権を得た本庄絆は一点を見つめたまま記憶の引きだしを引《ひ》っ掻《か》きまわし、必死に答えを探している。彼はナイフリッジを歩く登山家だ。両側は切り立った崖《がけ》で、一歩間違えれば奈落に落ちる。答えが見つからなくても、誤った答えを口にしても彼は失格になる。

僕は彼がプレッシャーを感じるよう、可能な限り「おいおい、まさかそんな答えも出てこないのかよ」という表情を作って彼を見る。

僕の小細工は効果を発揮せず、本庄絆が「あった」という顔をする。

息を整えてから本庄絆が「**迦陵頻伽**《かりょうびんが》」と答える。自信のある大きな声で。

正解を示す「ピンポン」という音がする。観覧席から「おお」という声と、続いて拍手が聞こえる。

6―6。

これで僕たちはポイントで並んだ。次が優勝者を決めるクイズになる。観客席の拍手がどよめきに変わる。

僕はゆっくり瞬《まばた》きをする。白い光がぼんやりと溶けていく。手前のモニターには、先程の問題の全文と、真剣な表情で一点を見つめる本庄絆が映っている。

「Q.仏教において極楽浄土に住むとされ、その美しい声から仏の声を喩《たと》える場合にも用いられる、上半身が人で下半身が鳥の生物は何でしょう? A.迦陵頻伽」

空気が張り詰めている。それまで、一問終えるごとにコメントを聞いていたMCも、その空気を感じとったようだ。

「ついに大詰めです。次の問題で優勝者が決定します。さあ、初代『Q‐1グランプリ』王座は三島玲央《れお》、本庄絆、どちらの手に渡るのか」

MCが小さくうなずき、「次に行きましょう」という合図を送る。モニターに映るアナウンサーが再び息を吸う。スタジオ全体が静寂に包まれる。

「問題――」

ついに来た。一千万円。次のクイズに一千万円の価値があることを、僕はぼんやりと意識する。緊張で、ボタンに置いた右手が少し痙攣《けいれん》している。

問い読みが息を吸い、口を閉じる。

その瞬間だった。

パァン、という早押しボタンが点灯した音が聞こえた。自分が間違えてボタンを押してしまったのではないかと思い、慌てて手元のランプを確認したが、明かりは点いていなかった。僕はすぐに隣の本庄絆を見た。彼のランプが赤く光っていた。

僕は真っ先に「ああ、やっちまったな」と思った。本庄絆に同情した。まだ問題は一文字も読まれていない。一文字も読まれていないということは、この世界を構成するすべての事物の中から——つまり無限通りの選択肢から——答えをつまみあげないといけないということだ。優勝を決める大事な問題で、本庄絆は誤ってボタンを押してしまった。『Q-1グランプリ』は生放送だ。この瞬間を何百万人という人が目撃してしまっている。最終問題を撮り直して、本庄絆のミスをなかったことにはできない。

本庄絆はすでに二回誤答している。もう一度誤答すれば失格になる。そういうルールだった。

勝ちは勝ちだ、と僕は考える。望んだような終わり方ではなかったが、どちらにせよ一千万円は僕のものだ。残念だったな、本庄絆。

観覧者もMCもスタッフも、みんな本庄絆のミスに気づいていた。舞台袖のディレクターが慌てた様子で、インカムに向かって何かを喋《しゃべ》っていた。想定外のトラブルに、困惑のどよめきが広がっていた。

「ママ・クリーニング小野寺よ」

本庄絆はそう口にした。

「え?」

思わず僕は声を出していた。極度の緊張で、本庄絆の頭がおかしくなってしまったのではないかと疑った。横を向いて本庄絆を見た。無表情のまま、まっすぐ前を見つめていた。テレビのクイズ番組で何度も見たことのある表情だ。やるべきことをやって、あとは世界が自分に追いつくのを待っている表情。

もしかして――と僕の心臓が高鳴る。解答に自信があるとでもいうのだろうか。しかし、いったいどういう基準で、一文字も読まれていないクイズの答えを出したのだろうか。

僕はMCの顔を見て、それからステージの傍《そば》にいる問い読みをしていたアナウンサーの顔を見た。MCは怪訝《けげん》そうな顔をしていて、アナウンサーは大きく目を見開いて驚いていた。

会場は妙に静まりかえっている。舞台袖のスタッフが小さく「どうする?」と口にしたのが聞こえた。「いいのか?」という声も聞こえた。

「ママ・クリーニング小野寺よ」

もう一度、本庄絆が口にした。

それから十秒ほどの間があって、正解を示す「ピンポン」という音が鳴った。舞台の両脇から白い煙が勢いよく噴射され、頭上から紙吹雪が舞い落ちてきた。そのときになっても、僕には何が起こったのかわからなかった。ディレクターがカンペを出す。MCが半信半疑のままそれを読みあげる。

「なんということでしょう! この時点で、勝者が決定しました。第一回『Q−1グランプリ』、栄《は》えある初代王者は本庄絆です!」

MCのその言葉で僕はようやく事態を把握した。本庄絆が勝ったのだ。彼は問題が読まれる前に押して、正解したのだ。スポンサーが小切手を抱えて舞台袖からやってきた。

僕は呆気《あっけ》にとられてステージの上手《かみて》側で棒立ちしていた。

ステージ上は紙吹雪とスモークでほとんど何も見えなかった。何度も目をこすって、目の前で起こっていることが現実かどうか確かめた。天を仰ぐと、紙吹雪が口の中に入った。僕は紙吹雪を右手でつまみだし、どういうわけかポケットに入れた。そのあたりから頭が真っ白で、番組が終わって控室に戻るまで記憶がない。

●

放送後の控室に本庄絆の姿はなかった。代わりに決勝へ進出できなかった六人の出演者が、用意されたパイプ椅子《いす》にも座らず一列に床に座りこんで、入口のドアを睨《にら》んでいた。まるで公民権運動に参加する人々のようだった——マーティン・ルーサー・キング牧師、ジム・クロウ法、モンゴメリー・バス・ボイコット。クイズの試合はもう終わったというのに、脳内で勝手にアメリカの公民権運動に関するキーワードが連想される。公民権法が制定されたのは一九六四年で合っていただろうか。ケネディ暗殺が一九六三年で、その翌年だった気がする。僕はスマホで「公民権法」と検索して確認する。一九六四年。合っていた。合っていたが、意味のない正解だ。僕は優勝できなかった。スマホから顔をあげる。重苦しい空気だった。真剣勝負を終えた解放感はなく、「クイズを汚《けが》された」という不満と怒りに満ちていた。僕は少し迷ってから、彼らの列の前に座りこんで、なるべく不満そうな顔をした。そうするのが正しいと思った。後ろを見ると入口を睨む顔が六つ並んでいて、ラシュモア山の国立記念碑みたいだった。サウスダコタ州ブラックヒルズにあるラシュモア山国立記念公園の露頭に彫られた、アメリカ合衆国の大統領をすべて答えよ――ジョージ・ワシントン、トーマス・ジェファーソン、セオドア・ルーズベルト、エイブラハム・リンカーン。

準決勝の出場者は全員顔見知りだった。日頃オープン大会でよく見る人。高校生クイズのときに同じ宿に泊まっていた人。僕が以前出演したテレビのクイズ番組で対戦した人。大学のクイズ研究会の先輩……。僕以外の六人のクイズプレイヤーたちは、口々に「大変なことになるぞ」と言っていた。立ちあがろうとする人は一人もいなかった。具体的に言葉を交わしたわけではなかったけれど、このまま本庄絆の優勝が認められるようなことはありえないという点だけは共有していた。もし不正が明らかになったとき、賞金の一千万円はどのように分配されるのだろうか。立ちあがった人は受け取る権利を失う――みたいな雰囲気がどことなく存在していて、誰一人その場から動こうとはしなかった。

しばらくして若い男性スタッフが控室にやってきた。帰宅用のタクシーを手配するらしく、出演者たちに家の場所を聞こうとした。

一人の出演者が「どういうことなんですか?」と彼に聞いた。「本庄は問題を聞く前に正解していましたが」

「クイズのことはわかりません」と彼は答えた。「タクシーチケットをお渡しするので、帰宅場所を教えていただけると助かります」

「こんな状況で?」と別の出演者が聞いた。

「このあと清掃が入るので、スタジオから撤収しないといけません」

微妙に話が嚙《か》み合っていないようだった。

「なんの説明もなく、このまま帰れっていうんですか?」

「私は何も知りません」と彼が言う。彼は事態がよくわかっていないようだった。きっと誰かに「タクシーチケットを配ってこい」と言われ、その命令に従っているだけなのだ。

「じゃあ、ここに坂田さんを呼んでください。坂田さんの口から直接、どういうことなのか説明してもらいます。こんなこと、あってはならない」

坂田さん、とは坂田泰彦のことで、この番組の総合演出だった。

「坂田はスポンサー対応中でして、本日中は時間がないと聞いています」

「時間がない？　こんなことをしておいて、スポンサーを優先するんですか？」

出演者の一人が言う。男性スタッフが「すみません」と謝る。

「すみません、じゃねえんだよ。説明しろよ」

「すみません。後日説明させていただきますので、今日のところはどうかお帰りください」

男性スタッフはまだ二十代前半だろう。彼の目にうっすらと涙が浮かんでいる。

出演者の中で一番年配だった片桐《かたぎり》さん――ジョージ・ワシントンの位置に座っていた三十五歳の男性――が「まあ、いくら下《した》っ端《ぱ》に言っても仕方がないでしょう」と皮肉たっぷりに言って立ちあがった。「彼も困ってるみたいですし。後日ちゃんとした説明があるってことですよね？」

番組に対する不満と、男性スタッフに対する憐憫《れんびん》が半分ずつ混じったような言い方だった。

「だと思います」と男性スタッフが力なくうなずいた。

「ちゃんとした説明がなかった場合、出るところに出ますよ」

片桐さんが念を押して、男性スタッフが「はい」と頭を下げた。

なんだか自分たちが寄って集《たか》って彼をいじめているみたいで居心地が悪く、「わかりましたよ」と片桐さんが言って、他のプレイヤーも順に立ちあがった。

控室を出るとき、男性スタッフと目が合った。彼はとっさに僕から目を逸《そ》らした。僕は「睨みつける」と「見つめる」の中間くらいの感じで、彼のことをじっと見た。彼は決してこちらを見なかった。僕は彼がなぜ泣いたのか、その理由を見つけようとした。彼はこの結末に不満を持っていたのだろうか。それとも、年上の出演者たちに囲まれ、質問攻めにあい、怖くなっただけなのだろうか。

片桐さんが「行こう」と言うまで、僕は控室のドアの前に立っていた。結局、涙の理由はわからなかった。

僕たちは渋々帰宅することにした。家の方向が同じだったので、僕は準決勝で戦った富塚《とみづか》さんと同じタクシーに乗った。富塚さんは僕より八つ年上だった。たしか大学からクイズを始めたはずだ。日本史が得意で、『ａｂｃ』のペーパーで一位を取ったこともあるし、数多くのオープン大会でも優勝している。「最近強い人を五人教えて」と聞かれたら、ほとんどのクイズプレイヤーが候補に挙げるだろう。準決勝では調子の良かった僕が序盤で三問先行し、そのまま押しきってなんとか勝利することができたが、一回戦突破後に組み合わせを決めたときには、正直言って本庄絆よりも富塚さんの方が強敵だと思っていた。

　家路に向かうタクシーの中で、富塚さんは「で、実際どう思った？」と聞いてきた。

「最後の問題のことですか？」

「それもそうだけど、それ以外の問題も」

　さすが歴戦のクイズプレイヤーなだけあって、富塚さんは決勝の舞台で行われた不可解な現象のすべてを把握していた。たしかに最終問題で本庄絆は問い読みが行われる前に正答したが、実はそれだけではなかった。それまでにも不可解な早押しがいくつか存在していた。

「逆に聞きたいんですけど、富塚さんはどう思いました？」

「やってると思ったよ。たとえば三島との試合で、4−3のときに『野島断層』のクイズがあったでしょ？　あれなんかもありえないタイミングの押しだったし。でもまあ、相手がやってるかどうかって、実際に戦ってる人が一番わかるじゃん。俺は今日、本庄と直接戦ってないからさ。三島の感想が聞きたいわけ」

「正直に言っていいですか？」

「うん、正直に言って」

「最終問題まではやってるとは思いませんでした」と僕は答えた。富塚さんが、そして何より僕自身が求めている答えでないことを自覚しながら、それでも正直に答えた。やってるとは、「ヤラセをやっている」という意味だ。富塚さんは——いや、富塚さんだけでなく、他の出演者とかなりの数の視聴者は——今日の試合が本庄絆を勝たせるためのヤラセだったのではないかと疑っているはずだ。たしかに、そう見られて当然だと思う。読まれていない問題に正解するためには、あらかじめどんな問題が出題されるか知っていなければならない。

　視聴者の多くは知名度と人気のある本庄絆を応援していたと思うが、クイズプレイヤーの間で彼が優勝すると思っていた人はいないだろう。本庄絆はクイズプレイヤーではないし、彼はクイズができないと思われていた。

「『野島断層』は?」

「たしかにめちゃくちゃ早いと思いましたが、本庄絆はたまにああいう無茶な押しをします。彼なりに自信があったのかもしれませんし、他の選択肢を知らなかっただけかもしれません。可能性としては薄いですが、過去に同じようなクイズを作問したことがあったのかもしれないですし。とにかく断定はできません。彼は普通のクイズプレイヤーではありませんから」

　決勝の舞台で僕が感じたことをそのまま伝えた。本庄絆はクイズプレイヤーとしての経験が浅い。無茶な押しをするだけでなく、普通だったら押すポイントでまったく反応しなかったりもする。それは彼がヤラセをしている証拠ではなく、彼が熟練したクイズプレイヤーではないという証拠だ。少なくとも、最終問題まで、僕は「ヤラセ」の「ヤ」の字も疑っていなかった。

「たしかに、あいつの押し方を俺たちの尺度で考えても意味はないな」

「ええ」と僕はうなずく。

本庄絆は「世界を頭の中に保存した男」とか、「万物を記憶した男」とか、「クイズの魔法使い」などと呼ばれている。もちろん彼は世界を頭の中に保存したわけではないし、万物を記憶しているわけではないし、魔法なんて使えるはずがないと思っているが、彼が人智を超えた暗記力の持ち主であることは間違いない。

本庄絆は東大医学部の四年生で、二十二歳だった。歴代アメリカ大統領だけでなく、歴代ノーベル賞受賞者、国連加盟国のすべての国旗とすべての首都、国内有名寺院の山号、百人一首の完全暗記など、圧倒的なデータベースから正確な答えを出してくる。クイズプレイヤーとして珍しいのは、彼がクイズ研究部などに所属した経験のない人物であることだ。彼は『超人丸《ちょうじんまる》』というテレビ番組の「知能超人」というコーナーに出演し、日本国憲法の条文をすべて暗記しているということで有名になった。『超人丸』

のプロデューサーだった坂田泰彦は本庄絆のスター性に気づき、番組内で「知能超人決定戦」という新コーナーを始めた。本庄絆はそのコーナーで数々の伝説を作った。多答問題でノーベル文学賞受賞者を全員、世界自然遺産を二百件以上、Jリーグに加盟するすべてのクラブ、日本の夏季オリンピック金メダリストのすべてを書きだした。QRコードを読みとったり、バーコードを見ただけで商品名を当てたりした。

しかし、それらはクイズとは関係がない。クイズとは覚えた知識の量を競うものではなく、クイズに正解する能力を競うものだからだ。本庄絆は暗記が得意なテレビタレントであり、クイズプレイヤーではない。僕たちクイズプレイヤーはそう考えていた。

「まあ、他の押しはひとまず措《お》いておこう。最終問題は合理的な説明がつくと思う?」

富塚さんはヤラセを疑いつつ、同時に今日の大会がヤラセではなかった可能性も考慮しているようだった。その気持ちもよくわかる。昔はどうだったのか知らないけれど、少なくとも最近のテレビのクイズ番組でヤラセがあったという話は聞かない。かなりグレーに近いことはあるらしいが、グレーと黒は大きく違う。僕が知っている限りでは、少なくとも参加者たちはみんな同じ条件で戦っている。クイズプレイヤーは芸能人ではなくただのクイズオタクだ。脚本が存在しているクイズの勝負には向いていない。もしヤラセをしようとすれば、どうしてもその空気を隠しきれなくなるはずだ。あらかじめ知っていた答えで正解しても、喜びの感情は白々しくなってしまう。

僕の思いは少しだけ複雑だった。自分でも、どう決着するのが望ましいのかわからずにいる。本庄絆には腹が立っている。彼は正当な罰を受けるべきだ。真剣勝負を汚されたと思っているし、もし本庄絆のヤラセが明らかになって自分が繰りあげ優勝になるのなら、一千万円がもらえるのかもしれないという欲目もある。

でも、それと同時に、ヤラセが存在してはならないとも思っている。一般人には理解のできない（が、クイズプレイヤーにとっては合理的な）早押しのせいで、「クイズなんてどうせヤラセでしょ」という声を、何度も聞いてうんざりしてきた。ヤラセが明らかになれば、過去の自分のトロフィーにも泥をかけられた気分になるだろう。

「僕にはわかりません」

「わかりません、ってことは、ヤラセじゃない可能性もあるってこと？」

「それも含めてわかりません」

「っていうかさ、お前、『ママ・クリーニング小野寺よ』って知ってたか？」

「知りませんでした」と僕は正直に答えた。一度も聞いたことがなかったので、さっきスマホを使って調べた。山形県を中心に、東北や北陸に店舗を構えるクリーニングチェーンらしい。妙な問題だと思った。その他の問題とも微妙に傾向が違っていたし、「新作問題」という感じでもない。

「そもそもあんまりクイズに出される問題じゃない。というか、俺は一度も聞いたことのない問題だ」

「はい」

「じゃあ、どうして本庄は答えることができたんだ？　あいつ、東京出身だったよな？」

「はい」

「俺はヤラセだと思う」と富塚さんは言った。「そうじゃなきゃ魔法だ。万物の、無限の選択肢の中から、魔法を使って正解を導きだしたんだ」

僕はタクシーを降りてからもずっと考えていた。どうして本庄絆は押せたのか。ヤラセなのか。それとも魔法なのか。

どっちも嫌だ。クイズにはヤラセなどあってはならないし、同様に魔法もあってはならない。クイズとは、知識をもとにして、相手より早く、そして正確に、論理的な思考を使って正解にたどり着く競技だ。手にした情報から世界を狭め、可能性の枝を削り落としていく。そうやって、世界の可能性をひとつにまで絞る。クイズは大会の主催者に気に入られた人間が勝つ競技ではないし、ファンタジー能力を競うものでもない。

帰宅してから、僕はSNSにアップされていた本庄絆の優勝シーンを見た。

「問題――」と聞こえた瞬間、ボタンを押した本庄絆が「ママ.クリーニング小野寺よ」と口にする。

画面には映っていないが、舞台袖ではスタッフが慌てているし、問い読みのアナウンサーの顔は青ざめている。画面の右にいる僕は、きょろきょろと周囲を見回してから、困惑した表情で下を向いている。

もう一度、本庄絆が「ママ.クリーニング小野寺よ」と答える。しばらく間があって、「ピンポン」と音が鳴る。

真新しいことは何ひとつ見つからない。僕がステージで見たことがすべてだった。ただステージ上の僕が知らなかった唯一の情報として、テレビの放送画面には本来読まれるはずだった問題が表示されていた。

「Q.『ビューティフル、ビューティフル、ビューティフルライフ』の歌でお馴染み、天気予報番組『ぷちウェザー』の提供やユニークなローカルCMでも知られる、山形

県を中心に四県に店舗を構えるクリーニングチェーンは何でしょう？　A．『ママ．クリーニング小野寺よ』」

本庄絆が押さなかったとしても、どちらにせよ僕が押せる問題ではなかった。というか、千葉出身の僕には答えようのない問題だ。東京出身の本庄絆がなぜ「ママ．クリーニング小野寺よ」を知っていたのだろうか。彼は全国の回転寿司チェーンやクリーニングチェーンの丸暗記でもしていたのだろうか。

どちらにせよ、彼はあんなリスクのある早押しをする必要はなかった。問題をゆっくり聞いてからでも彼は勝っていたし、そうしていればヤラセの疑いをかけられることもなかった。

そうだ——と僕は気づく。本庄絆はあんなタイミングで押す必要がなかった。あらかじめ答えを知っていたのだとしても、せめて問題冒頭の「ビューティフル」を聞いてから押せばよかった。「ビューティフルライフ」かもしれないし、「ビューティフル・マインド」かもしれない。パッと思いつく限りでも、嵐やGReeeeNが「ビューティフル・デイズ」という曲を歌っている。「ビューティフル」だけで「ママ．クリーニング小野寺よ」と答えられるクイズプレイヤーがこの世に存在しないことくらい、本庄絆はわかっていたはずだ。少し待つだけで、バレバレのヤラセを全国に知らしめなくてすんだ。

どうして本庄絆はあんな押し方をしたのだろうか。

わからない。あの押し方が合理的とは思えない――ということ以外は、まったくわからない。

僕は一千万円のことを考える。一千万円は僕のものになるのだろうか。スタッフは「後日説明させていただきます」と言っていた。すべては彼らの「説明」とやらを待ってからだ。

まだ『Q－1グランプリ』は終わっていない。

●

総合演出の坂田泰彦によれば、『Q－1グランプリ』は「将棋でいうところの名人戦、野球でいうところの日本シリーズみたいなものを、クイズでもできるんじゃないかと思った」ことが企画のスタートだったという。番組への意気込みを語った彼のインタビューが、テレビ雑誌に掲載されている。「クイズというスポーツの試合で、一流のアスリートたちが最高のプレーを見せる。賞金は一千万円。それだけで番組として成立するという確信があった」

インタビュアーの「クイズ番組の生放送ということに恐れはないのですか？」という質問に対して、坂田泰彦は「クイズはスポーツです」と答えている。「ワールドカップの試合を録画で編集して放送しますか？」

クイズにはさまざまな形式がある。早押しクイズ、ペーパークイズ、ボードクイズ……。同じ早押しクイズでも、誤答罰や勝ち抜けに必要な正答数が違うし、問題の形式やジャンル、難易度もバラバラだ。クイズ大会は数多く存在しているが、大会ごとに異なる形式を組み合わせており、統一のルールなどは存在しない。

『Q－1グランプリ』のルールは異質だ。とにかくストイックなのだ。準決勝も決勝も7○3×《ななまるさんばつ》のトーナメント戦を行う。7○3×とは「先に七問正解した方が勝者となり、三回誤答した場合は失格となる」という、早押しクイズの基本的な形式である。出題される問題はノンジャンルで、頻出問題と新作問題がバランスよく出題される。熱心なクイズ研究会の大学生だって開催しようと思わないくらい、ストイックなルールだった。

番組の公式サイトによると、公募された『Q－1グランプリ』の参加希望者は七千人近くで、一次予選の筆記テストで五十一人まで絞られている。そこに、番組から直接招待された十三人のクイズプレイヤーが加わり、六十四人が二次予選へ進んでいる。僕と本庄絆を含む、準決勝に残った八人のうち五人は、招待枠で二次予選から参加していた。

二次予選は四人一組の5○3×（五問正解で勝ち抜け、三問誤答で敗退）で、六十四人のプレイヤーが十六人に絞られた。三次予選はセコンド付きのジャンル選択式7○3×で、これは決勝のステージとほとんど同じルールだ（セコンド付きになっているのは、一千万円という賞金を実現するため、民放連の賞金限度額規制を回避するためらしい）。こうして7○3×を制した八人が準決勝の舞台へと進んだ。

そして、本庄絆が優勝した。

放送終了後、『Q-1グランプリ』の公式Xアカウントには三千件を超えるリプライがついた。意外だったのは、「ヤラセだ」と怒るコメントと同じくらい、本庄絆の実力を讃《たた》えるコメントがあったことだ。僕は知らなかったが、本庄絆が「異様な早押し」をしたのは今回が初めてではないようだった。クイズ番組『Qのすべて』の最終回における最終問題でも、彼は人智を超えた早押しをして正解していたらしく、「一文字押し」として有名な伝説になっているそうだ。

次に本庄絆のXアカウントを見る。番組出演を告知するポストには千件以上のリプライがあったが、放送終了後も本庄絆は沈黙を続けていた。リプライの多くは「優勝おめでとうございます」や「伝説を作りましたね！」といった、彼のファンによるものだった。

『Q－1グランプリ』の出演者たちはそんな状況に困惑していた。

富塚さんは「あれをヤラセじゃなくて実力だと考える人がいるのか……。絶望だ」というポストをした。本庄絆のファンから「絆くんに勝てなかった人が負け惜しみを言ってる」と言われ、「あなたみたいな素人《しろうと》にはわからないんでしょうね」と返している。

片桐さんは「ヤラセではないというのなら、どういう根拠で問い読みの前に押したのか、本人の口から説明が必要だ」とポストして、やはり本庄絆のファンから反論をされていた。リプライには短い動画が貼ってあった。決勝戦の第二問目、僕が「幸福なか――」という問い読みでボタンを押して、正解した場面だ。

「見たところ、三島玲央選手もたった六文字でボタンを押して正解しています。この解答がヤラセではないなら、最終問題もヤラセではありません」

片桐さんは「その二問は根本的に違う。どうして違うかわからないなら、一からクイズの勉強をしなさい」と返信してちょっとした炎上状態になっていた。

本庄絆以外の出演者たちはＬＩＮＥのグループを作って、番組に説明を要求するメールの文面を考えていた。

僕はＬＩＮＥグループが活発に動くのを眺めながら、世間の人々とクイズプレイヤーの温度差を感じていた。おそらく、多くの視聴者にとって、そもそも僕たちの早押しそのものが人智を超えているのだろう。

翌日には「ヤラセ？　それとも魔法？　Ｑ－１決勝の早押しに賛否両論」というネットニュースが出た。本庄絆の「ゼロ文字押し」にヤラセの声も出ているが、彼は人智を超えた記憶力を使って、クイズ番組で何度も奇跡を見せてきた。はたしてどっちだろうか――という内容の記事だった。

いくつかのワイドショーから出演依頼があったが、僕はすべて断った。急にフォロワーが十倍以上に増えた自分のＸに「番組の説明を待ちます」とだけ書いて、それ以外のことは公には何も口にしなかった。世間のものの見方と自分のものの見方が違いすぎて、何をポストするべきかわからなかった。

僕が「番組の説明」に求めることはシンプルだ。ヤラセがあったなら認めるべきだし、ヤラセがなかったというのなら、本庄絆がどうやってゼロ文字で正答したのか説明するべきだ。ゼロ文字の解答を、「魔法」として処理することは許されない。世間が許そうとも、クイズプレイヤーは許さない。

番組からメッセージが出たのは放送から三日後だった。

第一回『Q-1グランプリ』の視聴者さま、参加者さま、関係者さま、そしてすべてのクイズプレイヤーのみなさまへ。

第一回『Q-1グランプリ』放送後より、みなさまから数多くのご意見をいただいております。競技クイズの大会で、このような事態になったことをたいへん遺憾《いかん》に思っております。

外部スタッフによる調査の結果、演出面でいくつか不適切な部分があったことがわかりました。この結果は直ちに不正を認めるものではありませんが、競技クイズの普及、振興を目指した本大会が、結果として混乱を招くことになってしまった原因は、ひとえに我々の実力不足にあります。我々がクイズを愛する気持ちに嘘《うそ》偽りはありませんが、ご期待を裏切られたように感じる方もおられ、誠に申し訳ございません。

本大会は競技クイズの頂点として今後も年に一度開催を続けていく予定でしたが、このままではすべての視聴者のご理解はいただけないものであることから、今回のような形での次回開催は中止とさせていただくことになりました。

なお、優勝者の本庄絆さんからは辞退の申し出があり、すでに優勝賞金全額とトロフィーを返還していただいております。

この度はご迷惑をおかけして申し訳ございませんでした。


以上のメッセージが、総合演出の坂田泰彦と番組スタッフ一同の名前で発表された。

僕はパソコンでその文章を読んだ。気がつくとPCデスクを殴っていた。自分で思っている以上に怒っていたのだと思う。納得できるわけがないし、筋が通っていない。「演出面で不適切な部分」があっただけで、不正はなかったという。不正がなかったと主張しているのに、本庄絆がどうやって正解したのか説明もしないし、本庄絆のコメントもない。彼らは一見謝罪しているように見えて、実は何も謝っていない。混乱を招いた？　期待を裏切った？　そういうことじゃない。

僕はそのメッセージを何度も読んだ。何度読み返しても、最終問題がヤラセだったのか魔法だったのか、それともクイズだったのかわからなかった。これが「説明」だというのなら、すべてのクイズプレイヤーを舐《な》めている。

僕はXを開いた。怒りにまかせて何かをポストしたくなるのを必死にこらえて、もう一度PCデスクを殴った。それから少しだけ冷静になって、番組の公式ポストを無言でリポストした。富塚さんは「参加者と視聴者を舐めている」と引用リポストしていて、片桐さんは「もう二度とテレビのクイズ番組には出ません」と宣言している。

番組アカウントへのリプライを見る限り、納得していない人も多かった。それはそうだろう。僕だって納得していない。読まれてもいない問題に正解して優勝した人物がいるのに、不正がなかったというのはおかしい。もし不正がないと主張するのなら、どういう経緯で本庄絆が正解したのか、誰でも納得ができるように説明しなければならない。

一方で、相変わらず「本庄絆レベルのプレイヤーになれば、問題文が読まれていなくても答えがわかるはずだ」と彼の実力を信じている人や、「誰よりも真面目で、クイズに真剣に取り組んできた絆くんが不正をするわけがない」と擁護する、知ったようなファンも多数見受けられた。そして一定数、「クイズ番組なんてどうせ全部ヤラセでしょ」と言っている人もいた。それらの意見は無知だから仕方ない、となんとか我慢することができたが、中には許せない意見もあった。「三島が負けを認められずにゴネてるだけでしょ?」とか「賞金がもらえなくて悔しかったのかな」とか、そういったものだ。さらには僕がヤラセに加担していたという見方もあった。

「番組関係者に聞いた話だけど、すべては演出で、本庄絆というクイズ王を生みだすための駒として、三島玲央も金をもらって一枚嚙んでたんだよ」

さすがにその投稿を見たときは頭に血がのぼった。

僕は引用リポストで「どうしてそんな意地悪な見方ができるのでしょうか？」とつぶやき、翌朝には冷静になってポストを消した。『Q-1グランプリ』と本庄絆という巨悪を前にして、僕は正当な権利を奪われた聖人でなければならない。少なくとも今のところは。

僕は坂田泰彦にメールを送った。丁寧なメールだ。「不正がなかった」と判断した根拠を教えてください。不正がなかったのなら、本庄絆がどうして最終問題に正解できたのか教えてください。坂田さんが希望するなら、メールの内容は他言しないと約束します。

数日待っても坂田泰彦からメールが返ってくることはなかったし、番組から追加の発表もなかった。しびれを切らした僕は、本庄絆本人に連絡を取ろうと試みた。連絡先を知らなかったので、彼の大学の友人に聞いた。仲介してくれた友人は「無駄だと思う」と言った。「放送終了後から、本庄は誰にも連絡を返していないらしい」

突然のご連絡失礼いたします。『Q－1グランプリ』の決勝で対戦した三島玲央です。先日は対戦ありがとうございました。決勝戦における押しと解答について、いくつか聞きたいことがあって連絡した次第です。連絡先は東大医学部の川辺《かわべ》さんから聞きました。率直にいって、僕は同じ決勝の舞台に立った者として、少なくとも途中までは不正があったとは思いませんでした。しかしながら、僕の知識では本庄さんの押し方に理解が追いついていないところもあります。不安に思われるかもしれませんが、僕は一人のクイズプレイヤーとして自分なりに納得したいだけです。本庄さんから聞いた話も口外しません。ご返信お待ちしています。

僕は慎重に何度も推敲《すいこう》してから、本庄絆のメールアドレスにそう送った。口外しないと約束したが、場合によっては口外するつもりだった。どちらにせよ場合による。まずは返信をもらわなければ話が進まない。僕は何よりも真実が知りたかった。真実を知るために、どのように書けば本庄絆が返信をしてくれるか考えた。

本庄絆から返信が来る前に、坂田泰彦から返信が来た。

「ご心配おかけして申し訳ありません。番組として判明したことはすべて公式サイトから発表します。そちらをお待ちください」

ふざけた返信だった。僕は視聴者じゃなく、当事者だ。あんたの目の前で、不可解な正答によって敗北者にさせられた人間だ。

僕は「一千万円を返してください」と送りかけてから冷静になって、「次の発表はいつですか？」と返信した。

坂田泰彦はそれ以降、何も送ってこなかったし、本庄絆からの返信もなかった。僕に返信がなかっただけではなく、僕以外のすべての人と連絡を絶っているという。本庄絆は沈黙していた。大学はちょうど夏休みの期間で、彼がどこにいるのかもわからなかった。

その間にも世界の時間は進んでいた。アイドルが未成年飲酒をして、俳優が不倫をした。別の番組でヤラセが発覚して、有名ユーチューバーが不適切な発言をした。政治家が不正をして、凄惨《せいさん》な殺人事件があった。そんなことが起こっている間に、世間は『Q－1グランプリ』のことをすっかり忘れ去ろうとしていた。本庄絆の復帰を待つファンだけが、「彼が不正をするはずがない。彼は実力で優勝した」と言い続けていた。

富塚さんや片桐さんみたいな準決勝の参加者たちだって、『Q－1グランプリ』のことも、本庄絆のことも忘れかけていた。『Q－1グランプリ』のことは存在しなかった大会だと捉え、切り替えて別のオープン大会への準備を進めていた。僕たちはテレビが舞台を用意してくれなくたって、集まってクイズの実力を競っている。ときおり僕にオープン大会の会場で『Q-1グランプリ』のことを聞いてくる人もいたが、みんな「テレビのクイズ番組の寵児《ちょうじ》だった本庄絆が調子に乗って愚かな押しをした」というような認識を持っているだけだった。

僕はどうするべきかわからずにいた。

どこに訴えればいい？　警察？　弁護士？

僕は世界のどこかにクイズ界の悪に裁きを下す神様クイズストスがいることを想像した。お願いします。クイズを使って悪さをする人間がいます。彼らを正当に裁いてください——そんなことを考えてから、馬鹿らしくなってやめた。

もう、誰も頼りにならないのだ。番組や坂田泰彦を頼りにするわけにはいかないし、クイズファンやクイズプレイヤーもあてにできない。所詮、彼らにとっては他人事にすぎない。ひとごと。他人事を「たにんごと」と読むのは誤読だ。僕は誤読三兄弟のことを思い出す。長男の「乳離れ」は「ちばなれ」で、「ちちばなれ」が誤読。次男の「続柄」は「つづきがら」で、「ぞくがら」が誤読。三男の「一段落」は「いちだんらく」で、「ひとだんらく」が誤読。誤読三兄弟という名前は高校生のとき、僕がつけた――ダメだ。今はクイズのことを考えている場合ではない。

僕は状況を整理する。整理した結果、「自分で調べるしかない」という結論を出す。『Q－1グランプリ』で何があったのか自分で調べてから、裁判所に訴えるなりなんなり、他の可能性を考えよう。本庄絆がヤラセをしたのか。それとも魔法を使ったのか。あるいは――あまり考えたくはないけれど――何か正当な根拠があってクイズに正解したのか。

僕は誰よりも真実に近い位置にいる。僕はあの場にいた。あの場にいて、本庄絆と戦っていた。決勝の舞台で何があったのか、その空気を知っている。

僕はこれからクイズを解く。

「Q．なぜ本庄絆は第一回『Q－1グランプリ』の最終問題において、一文字も読まれていないクイズに正答できたのか？」

感情が乱れたとき、僕はデスクの引き出しから早押しボタンを取りだす。大学のクイ研で使っていたもので、早稲田式に買い換えるとき、旧型のボタンを一つもらってきた。僕はボタンの上に指を這《は》わせて、表面をゆっくり撫《な》でた。僕の心が落ち着きを取り戻す。頭の中で「**目黒駅はし――**」とクイズを再生して、その瞬間にボタンを押す。本体につながれていない早押しボタンが光ることはないが、僕の目には解答ランプの明かりが見えている。僕は「**港区**」と声に出す。「**目黒駅は品川区にありますが、品川駅は何区にあるでしょう?**」というベタ問だ。僕は脳内でクイズに正解する。だが、依然として僕は『Q‐1グランプリ』が出したクイズの正解はわからずにいる。

僕はその答えを一人で探し続けていた。一千万円がかかっていた。いや、僕はもう、一千万円のことはそれほど真剣に考えていなかった。クイズを汚された。その不正に、僕が加担したと考えている人もいた。僕は真実を知りたい。真実を知って、胸を張ってクイズがしたい。

僕は本庄絆の高校時代の友人を探して話を聞いた。その縁がつながって、いま高校生の本庄絆の弟にも話を聞くことができた。本庄絆の弟はクイズとは無縁だったし、兄が出演しているテレビもほとんど見ていなかったが、いくつか興味深い話を教えてもらった。本庄絆と対戦したことのある何人かのクイズプレイヤーに話を聞いた。坂田泰彦には会えなかったが、彼の番組で作問をしていた人の話を聞くことができた。

僕は本庄絆が出演していたクイズ番組の映像を可能な限り集めた。その中には、本庄絆が普通では考えられないような早押しをしている場面もあった。

たとえば『Qのすべて』第十六回の放送だ。この回は『Qのすべて』の最終回で、決勝の最終問題において本庄絆は問題が「しゃ――」と聞こえた段階で押した。

「『終わりよければすべてよし』」

少し考えてから、本庄絆はそう答えた。

それが正解で、彼は優勝した。出演者たちはみな驚きとともに賞賛した。「一文字押し」として伝説になっていた解答だ。本庄絆が『Q-1グランプリ』で魔法を使ったと考えている人の多くが、このときの伝説を根拠としている。

僕は実にさまざまな映像を見た。そして、最後にもう一度『Q-1グランプリ』決勝戦の映像を見てみることにした。本庄絆のことを考えながら。そして、僕自身のことを思い出しながら。

会場であれほど眩しかった照明も、テレビ画面越しに見るとまったく違和感がない。

決勝戦の開始前に、番組が用意した僕のVTRが流れた。僕が過去に出演したことのあるクイズ番組の映像と、準決勝で富塚さんを破ったときの様子が編集され、「アマチュアクイズ界の王様」という煽《あお》り文句で紹介された。その煽り文句が嫌で、僕は打ち合わせのとき、番組スタッフに「変えてほしい」とお願いしていた。クイズにプロが存在しない以上、アマチュアも存在しない。そう主張した。無精髭《ぶしょうひげ》の生えたスタッフは「新しいのを考えます」と言ったきり、そのまま本番を迎え、煽り文句は変わらなかった。

VTRが流れている間、僕と本庄絆は入場ゲートの前で並んで待っていた。僕の胸にマイクをセットしていたADが「解答席へ向かってください」と背中を叩《たた》いた。ステージの両側から炭酸ガスが噴射されている。僕はその中央を通って、セットの真ん中に置かれた真っ赤な階段を降りていく。白煙で周囲は見えなかった。

解答席に立つと、僕は小さくお辞儀をした。そういう癖を持っているクイズプレイヤーを知っているが、僕は普段そんなことはしない。どうしてお辞儀をしたのか自分でも覚えていなかった。広いステージの真ん中に一人きりで立っていることへの照れ隠しのようなものなのかもしれない。

次に本庄絆のVTRが流れた。『超人丸』の多答クイズで世界自然遺産をすべて答えたときの映像と、準決勝の映像が流れた。「万物を記憶した絶対的王者」というのが、本庄絆の煽り文句だった。白い煙の中を、本庄絆が悠然《ゆうぜん》と降りてくる。さすがにテレビ慣れしているだけあって、緊張して小走りだった僕とは大違いだった。

MCが僕に意気込みを聞く。僕は「最善を尽くします」と面白みのないコメントをする。「対戦相手の本庄さんについてはどういう印象ですか?」と聞かれ、僕は「とても強いと思います」と、やはり面白みのない答えを口にする。

次に、本庄絆が意気込みを聞かれる。

「今、必死に探してます」

彼はそう答え、目を瞑《つむ》ってこめかみに指を当てる。

MCが「何を探しているんですか?」と聞く。

本庄絆は「私が負ける可能性です」と答える。

会場が沸く。

今となってはよくわかるが、本庄絆はテレビというものを深い部分で理解している。ただ単にクイズのオタクが早押しをしても、視聴者が見て面白いものにはならない。きわめてストイックなルールの『Q－1グランプリ』が、かろうじてテレビ番組として成立していたのは本庄絆のおかげだ。その事実は認めなくてはならない。彼が見所を作ってくれていた。

MCが「負ける可能性は見つかりましたか?」と聞く。

本庄絆は目を開け、カメラをじっと見つめて首を振った。

「世界中を探しまわったのですが、残念ながら見つけることができませんでした」

カメラが僕を映す。僕は苦笑いをしている。改めて見ていると、気の利いた一言も口にできない自分が情けない。

MCが本庄絆に僕の印象を聞く。

本庄絆は「現在、日本で一番クイズの理《ことわり》に近づいている人物だと思います」と答えてから、「ですが」と続ける。「私の頭には世界が入っています」

会場が沸く。

「さて、クイズ対世界、どちらが勝つのでしょうか」とMCが言って、番組はCMの時間に入る。

　CMの間に、セットが移動してクイズの準備が整えられていった。ADがやってきて、僕の胸元についていたマイクを調整した。僕たちは「CM明けですぐ始まります」という説明を受けた。本庄絆はラベルの剝《は》がされたペットボトルの水を飲みながらうなずいた。

　準備ができて、ディレクターが「五、四、三」とカウントダウンを始める。

　CMが明ける。

「それでは第一回『Q－1グランプリ』決勝戦、三島玲央vs.本庄絆、開始します」とMCが告げる。

　会場が静まりかえる。

「問題――」というアナウンサーの声が聞こえる。

「今週気づいたこと――」

　そこで僕がボタンを押す。悪くない押しだ。本庄絆はピンとこなかったのか、一切反応していない。

　ボタンを押した瞬間、僕はまだ答えにたどり着いていない。ただ「わかりそう」という直感だけが心の中にある。僕は必死に頭を回転させる。全人類が、次に僕が何を口にするか注目しているような気分になる。

僕は思い出す。夜の声。兄との秘密。夜の海に沈む太陽。

とりとめのない思い出が記憶の海を漂う。僕はその中に腕を入れ、答えがないか探しまわる。

あった！

僕は答えの欠片《かけら》に触れる。指先にあった答えを手繰《たぐ》りよせ、しっかりとつかみとる。

「『深夜の馬鹿力』」

自信を持って僕はそう答える。

ピンポン、と音が鳴る。会場から「おお」という驚きの声が聞こえ、拍手に変わる。

正解だ。1―0。僕はリードする。テレビの画面に、問題の全文が表示される。

「Q.『今週気づいたこと』というフリートークで始まるのがお決まりになっている、『ラジオの帝王』こと伊集院光《いじゅういんひかる》の冠番組は何でしょう？　A.『深夜の馬鹿力』」

●

僕は思い出す。記憶の深い部分に潜る。

小学一年生か二年生のころだ。僕は小便が我慢できなくなって夜中に目が覚めた。二段ベッドの上から、誰かの話し声が聞こえることに気がついた。「気のせいだ」と思うことにして、トイレから戻ってきて布団《ふとん》に潜っても、その声は聞こえ続けていた。二段ベッドの上には八歳年上の兄が寝ていたが、聞こえてきた声は兄のものではなかった。お化けだと思うと怖くなって、なかなか寝つけなかった。

何分か経《た》ってから、兄の笑い声が聞こえた。兄がおかしくなってしまったのかと心配になった。勇気を出して二段ベッドの横についていた梯子《はしご》を上った。蛍光灯からまっすぐ下がっていた紐《ひも》を引っ張り、部屋の明かりを点けた。兄は片耳にイヤホンをつけたまま僕を見て驚いていた。

「何してるの?」と僕は聞いた。

「ラジオを聴いてる」と兄は答えた。「音、漏れてた?」

僕はうなずいた。

「音量小さくするから、夜更かししてることは母さんに内緒にしてくれない?」

「わかった。内緒にする」と言って、僕は電気を消した。

翌日、兄がこっそり『しんやのばかぢから』というラジオ番組の名前を教えてくれた。僕はずっと「しんや」は人の名前だと勘違いしていた。真弥《しんや》くんという同級生がいたのもあるが、勘違いの直接的な理由は当時の僕が「深夜」という言葉を知らなかったことにある。

その後、「深夜」という言葉を初めて知ったとき、僕はしばらく納得がいかなかった。日本語には時間帯を表す言葉がいくつかある。朝、昼、夜。夕方、真夜中。明け方、夜明け、未明。

時間帯を表現する言葉は、どれも太陽の動きを基準にしている。だが、「深夜」という言葉だけが、夜の「浅さ」と「深さ」を含んでいて、言葉としては異質だ。当時の僕は「夜が深いとはどういうことだろうか」と真剣に悩み、結局そのときは納得することができなかった。


数年後、図書館で朝と夜の語源を調べた。クイズを始めたばかりのころで、例会のために自作の問題を用意する必要があった。朝の語源は「アケシダ（明け時）」にあって、昼の語源は「日」にあり、夜の語源は「ヨ」という「他の」とか「停止」を表す語にあったという（これらの語源については諸説があって、クイズには出せなかった）。

そのころには、むしろ「深夜」という言葉の詩的な含意が気に入るようになっていた。

太陽が夜の海に溶けてゆっくりと沈んでいく。やがて太陽は夜の海の深い底へ潜ってしまう。人類で初めて「深夜」という言葉を発した人の心と僕の心が、長い時を経てつながる。

その後、大学でクイズ研究会に在籍していたころ、「深夜」を題材にしたクイズばかりを集めて出したことがある。『深夜の馬鹿力』が真弥くんの馬鹿力でないことを知ったのもそのときだ。『深夜プラス1』『深夜特急』『深夜食堂』……。「深夜」と名のつく作品は、僕が好きなものばかりだった。

それから僕は『深夜の馬鹿力』の放送を初めて聴いた。何度もお腹を抱えて笑った。妙な興奮状態のまま、放送終了後すぐに兄へLINEを送った。兄からすぐに「お前も聴いてたのか」と返信があった。「『今週気づいたこと』、最高だったな」

兄は十年以上前のあの日、僕が深夜に二段ベッドを上がったときからもずっと、『深夜の馬鹿力』を聴いていたらしい。

僕と兄は世界が寝静まった深夜に、別々の場所で同じラジオを聴いていた。月並みな言葉だが、何だか奇跡みたいに感じた。そんなことを思い出す。

僕は当たり前の前提に気がつく。

クイズに正解できたときは、正解することができた理由がある。何かの経験があって、その経験のおかげで答えを口にすることができる。経験がなければ正解できない。当たり前だ。

クイズに答えているとき、自分という金網を使って、世界をすくいあげているような気分になることがある。僕たちが生きるということは、金網を大きく、目を細かくしていくことだ。今まで気づかなかった世界の豊かさに気がつくようになり、僕たちは戦慄《せんりつ》する。戦慄の数が、クイズの強さになる。

『深夜の馬鹿力』の問題に正解したあと、MCは僕に「幸先《さいさき》の良いスタートですが、どうしてわかったんですか？」と聞いた。

生放送で時間をかけてはいけないと思い、僕は「以前、似たような問題を出題したことがあったんです」と口にした。その映像を見ながら僕は少しだけ後悔する。たしかに事実ではあるが、面白みのない答えだ。生放送だったせいで、僕の面白みのない答えは全国に放送されてしまっていたが、収録番組だったらカットされていただろう。

今にして思えば、いろんな答え方があったはずだ。「兄が好きな番組だった」も悪くはない。多少大げさな表現をするなら「僕も好きなラジオ番組なので」でもいい。

もちろん、テレビの尺の中で、僕と『深夜の馬鹿力』にまつわる話をすべてするわけにはいかない。

ベッドの上から聞こえる夜の声。二段ベッドの梯子の金属の手触り。兄との秘密。夜の海に沈む太陽——それらはクイズに出ることはないが、今も僕の心の中にあって、深い部分で早押しクイズと結びついている。僕は世界という海に金網をくぐらせる。

MCが「それでは二問目、行きましょう」と言う。

「**問題——**」と問い読みのアナウンサーが口にする。

「**幸福なか——**」

本庄も反応しているが、僕が先に押す。

僕の頭の中をインド人が通りかかる。僕は通りかかったインド人を必死に追いだす。君じゃない。いなくなってくれ。次にやってきたネパール人を、再び僕は追いだす。

君でもない。今は君の出番じゃない。

僕は呼吸を整える。「幸福なか――」

その文章を知っている。絶対に知っている。とてもよく知っていて、何度も目にしている。さあ、教えてくれ。続きはなんだ？

インド人とネパール人がどこかへ消え去って、ようやく頭の中で問題文の続きが聞こえる――幸福な家庭はすべて互いに似かよったものであり、不幸な家庭はどこもその不幸のおもむきが異なっているものである。

僕は「『アンナ・カレーニナ』」と答える。

ピンポン、という正解の音が聞こえる。一問目に比べると、観覧席からは「感心」に近い「おお」という声がしている。会場にいる人の多くはクイズに詳しいのかもしれない。それなりにベタな問題だった。

2―0。僕はリードを広げる。


「Q.『幸福な家庭はすべて互いに似かよったものであり、不幸な家庭はどこもその不幸のおもむきが異なっているものである』という書き出しの一節も有名な、ロシア人作家トルストイの小説は何でしょう？　A.『アンナ・カレーニナ』」

あるところに、ひとりのインド人がいた。インド人はカレー屋を開いていたが、いつも席がガラガラで困っていた。どうにかして客を呼びたいと考えたインド人は、今までにない新しいカレーを作ることにした。とはいえ、カレーは人気料理で、すでにさまざまな種類のものが作られていた。思いついた「新しいカレー」のほとんど――水分を飛ばしたカレー、ほうれん草のカレー、ヨーグルトのカレーなど――は、すでに誰かが作っているものだったし、そうでないもの――うんこ味のカレー、コーヒーカレー、カレージュースなど――は単にまずくて誰も作っていないだけだった。

悩んだ挙句、インド人は伝説のスパイスを探す旅に出ることにした。その伝説のスパイスは、ある地域のベンガルトラが好み、巣に蓄えてあるという。インド人は旅の途中で何度も命を落としかけ、伝説のスパイスを諦《あきら》めかけるが、「新しいカレー」への強い思いで山奥へと進んでいく。そして、ベンガルトラの巣からついに伝説のスパイスを見つける。命からがら店まで戻ってきたインド人は、伝説のスパイスを調合して「新しいカレー」を作る。

一口食べた瞬間、インド人は言葉を失ってしまう。おいしくなかったのだ。そしてインド人はこうつぶやく。

「あんなカレーに……(命をかけるなんて)な」

中学一年生の僕が考えた話だった。最後まで頭の中で再生して、僕は「違う」と思った。タイトルは『あんなカレーにな』だ。今の話ならば、インド人の最後のつぶやきは「あんなカレー」ではなく、「こんなカレー」だ。「あんな」である以上、カレーはインド人の手元にあってはならない。

しばらく考えてから、僕は今の話に次の修正を加える。

インド人の店の隣には、商売敵のネパール人がいる。ネパール人は、インド人が伝説のスパイスを探す旅に出たことを知ってほくそ笑む。実は、ネパール人もかつて同じことを考え、伝説のスパイスを手に入れたことがあったのだった。ネパール人は伝説のスパイスを用いたカレーがおいしくないことを知っている。無意味な旅に出たインド人に対して、ネパール人はこうつぶやく。

「あんなカレーに……(命をかけるなんてバカだ)な」

いやダメだ、と僕は考え直す。この場合、「あんなカレー」ではなく、「あんなスパイス」だろう。ネパール人が知っているのはスパイスのことだけで、スパイスを手に入れたインド人がどんなカレーを作るのかまではわからないはずだ。いっそのこと、ベンガルトラが巣に蓄えているのが「伝説のスパイス」ではなく、「伝説のカレー」だということにするべきだろうか。その場合、トラがカレーを作っていることになるので、作品のジャンルはファンタジーやおとぎ話に変わってしまうだろう。

そこまで考えたあたりで、僕は眠ってしまう。

僕の父は読書家で、大量の本を持っていた。あまりにも多すぎて、自分の部屋に入りきらない本を僕と兄の部屋に置いていた。そのせいで僕の部屋にはいくつもの父の本棚があって、そこにはドストエフスキーだの、ヘミングウェイだの、志賀直哉だの、安部公房《こうぼう》だの、当時の僕には馴染みのない作家の本が並んでいた。僕はそれらの本を小さいころから読みこなしていた――というわけではなかった。それらの本は、ただ単に存在しているだけだった。

父の本は僕の部屋ですっかり埃《ほこり》をかぶっていたが、毎日寝起きをする部屋に存在しているだけでそれなりの意味を持っており、とくに僕のちょうど枕《まくら》の高さに並んでいたトルストイという作家の『アンナ・カレーニナ』は、何年もの間、消灯する前に見る最後の景色だった。

なかなか眠りにつけない夜、僕はときどき『アンナ・カレーニナ』がどんな話なのか想像するという遊びをしていた。最初は「アンナ」が女の子の名前であるという仮定を据えて、「カレーニナ」部分が何を意味するのか想像した。「カレーニナ」に「カレー」が含まれていることから「カレーにな」と考えることができるようになるまで、一年ほどかかった。アンナという女の子と、カレーに関係する話だと思って、いくつものお話を想像した。

その時期の『アンナ・カレーニナ』でもっとも長大なストーリーは、アンナが伝説の「生きるカレー」を探してインドを旅する話だった。旅の最後で、アンナは「生きるカレー」と出会う。「生きるカレー」がアンナに襲いかかり、丸呑《まるの》みにしてしまう。そうしてアンナはカレーになる。つまり、「アンナ、カレーにな(る)」という意味のタイトルだったというわけだ。

僕は「アンナ」が人の名前ではなく、「あんな」という日本語だとすれば、物語の中身がかなりくっきりと見えてくることに気づいた。

そうして僕は、「あんなカレーに……な」というお話をいくつも考えた。そこで、インド人やベンガルトラの話も生まれた。考えた上で、適切な話かどうか、適切なタイトルかどうかを振り返った。僕は幾夜もかけて自分が考えたお話をいくつも却下した。


インド人とネパール人の話を考えてから、僕は『アンナ・カレーニナ』を想像する遊びをしなくなった。不思議なことに、小説を読むようになってから、以前のように話を作ることができなくなった。

中学二年生のある日、クイズ研究部の部内クイズで、「『幸福な家庭はすべて互いに似かよったものであり、不幸な家庭はどこもその不幸のおもむきが異なっているものである』という書き出しで有名な――」という問題が出て、高橋先輩が「『アンナ・カレーニナ』」と答えた。当時の僕は問題に答えることはできなかったが、「トルストイの作品ですか？」と聞いた。

「よく知っているね」と高橋先輩が褒《ほ》めてくれた。

その日、帰宅してから僕は『アンナ・カレーニナ』を読みはじめた。

幸福な家庭はすべて互いに似かよったものであり、不幸な家庭はどこもその不幸のおもむきが異なっているものである――書き出しを読んで、僕は興奮していた。クイズはずっと、僕の枕の近くに置いてあった。

その日、ベッドに横になりながら、自分がクイズに囲まれているような感覚を得た。僕はこの世界のことを何も知らない。枕元に、僕がまだ知らないクイズがあった。僕の足元にも、両手の先にもクイズがある。僕の背中を押しているベッドのバネは誰が発明したのだろう。枕が発明されたのはどの国で、いつの時代なのだろう。そもそも、ベッドという言葉はどんな語源を持つのだろう。『アンナ・カレーニナ』の隣には、『戦争と平和』という本が置かれていた。その本はいったい、どんな話なのだろう。

目を瞑ると、まだ答えを知らない無数のクイズが僕を包みこんだ。

●

「これまた凄《すさ》まじい早押しです。三島さん、今の問題で二問先行しましたが、今日の調子はいかがですか?」

MCが僕に聞く。僕がテレビ向けの気の利いた答えを口にできる人間ではないと気づいたのだろう。「どうして答えることができたのか」とは聞かず、答えやすい質問を用意してくれている。

僕は「とても調子が良いです」と答える。

MCは本庄絆に話を振る。

「本庄さんも押していたと思いますが、答えはわかっていましたか？」

本庄絆は「はい」と答える。「ヴロンスキーにアンナを奪われた、カレーニンのような気持ちです」

MCが「今のはどういう意味ですか？」と聞く。本庄絆は「『アンナ・カレーニナ』の話です。簡単に言えば、『悔しい』ということです」と答える。

会場が沸く。

クイズの実力の話は別にして、本庄絆はテレビタレントとしてずば抜けた実力を持っている。どうやれば番組が盛り上がり、視聴者が興味を持つか。何を口にすれば撮れ高になるか。どれくらいの尺に収めれば進行の邪魔にならないか。本庄絆はすべて計算して、適切なコメントをしている。瞬時にこんなことを口にするなんて、僕には絶対にできない。

会場の僕は、本庄絆のコメントが耳に入っていない。思い入れのある『アンナ・カレーニナ』の問題を取れたことに興奮し、ひどく舞いあがっている。クイズを始めてからの十二年で、僕は何度も『アンナ・カレーニナ』の問題を拾ってきた。父が僕の部屋にトルストイの本を置いてくれたおかげで、僕はクイズに正解することができたのだった。

MCの「では次の問題に行きましょう」という言葉で、会場が静かになる。

「問題——」と問い読みが始まる。僕はボタンに置いた右手に意識を集中する。

「フルネームでお答えください。一九一五年、X線によるけ——」

本庄絆がボタンを押す。僕はまだ反応すらしていない。

押されてから、本庄絆が答えるまでの間に、僕はこの問題が二択であることに気づく。ここまでで出された情報は「フルネームでお答えください」と「一九一五年」と「X線」。人名が問われていて、この年代で、物理学の言葉が出るということは、ノーベル賞受賞者に関係する問題だろう。僕は『Q−1グランプリ』のために、歴代ノーベル賞受賞者の予習をしてきた。本庄絆が得意とする問題だったので、どこかで出題されるかもしれないと考えていた。

一九一五年にX線関係でノーベル賞を受賞した人物は二人いる。ヘンリー・ブラッグとローレンス・ブラッグの親子だ。この時点では、どちらが正解か判断する根拠がない。

「ウィリアム・ローレンス・ブラッグ」

少し迷ってから、本庄絆が答える。そこまで自信がないのか、心配そうにカメラを見つめる。迷っていた割に、正誤に関係なさそうな「ウィリアム」の部分まで答えている。

ピンポン、と正解音が鳴る。会場が大きな驚きの声に包まれ、三問目にして一番大きな拍手が鳴り響く。観覧席にいた人々の多くは本庄絆のファンだったが、それだけが拍手の音が大きい理由ではない。非常に早くて、ギャンブルに近い押しだった。

2—1。本庄絆が追いあげる。

そのとき僕は「仕方ない」と考えている。ブラッグ親子は同じ業績で同時にノーベル物理学賞を受賞している。この問題の答えが確定するのは、「父」や「息子」という言葉が聞こえたときだ。「父とともに」が聞こえれば残った方の息子が答えになるし、「息子とともに」が聞こえれば父が答えになる。息子のローレンス・ブラッグには「当時史上最年少でのノーベル賞受賞」という情報があるぶん、若干息子が答えになる確率が高いが、それでもせいぜい六対四といったところだろう。本庄絆は勝率六十パーセントの賭けに勝っただけで、リードしている僕がそんな危険を冒す必要はない。

「Q.フルネームでお答えください。一九一五年、『X線による結晶構造解析に関する研究』により、父とともに当時最年少でノーベル物理学賞を受賞したイギリスの物理学者は誰でしょう？　A.ローレンス・ブラッグ」

●

本庄絆の伝説の一つに、歴代ノーベル文学賞受賞者の完全解答というものがある。『超人丸』のコーナー、「第三回知能超人決定戦」での出来事だった。十五分の時間制限で、ノーベル文学賞受賞者の名前を可能な限り書け、という多答問題が出題された。本庄絆は解答時間を三分残してすべての歴代受賞者の名前を書いた。

その瞬間のスクリーンショットを当時の僕はSNSで見た。率直にすごいと思った。自分なら何人くらい書けるか想像してみた。六十人くらいだろうか。七十人を超えることはない。どうやったら百人以上の名前を十分間で正確に書けるのか、まったくわからなかった。

この多答問題について、僕はクイズプレイヤーの山田貴樹《たかき》から話を聞いている。山田は僕の中高のクイズ研究部の後輩で、「東大首席の男」として「第三回知能超人決定戦」に出場し、本庄絆に敗れている。

「『知能超人決定戦』のオファーがきたのは収録の前日でした」

山田はそう語った。「どうやら直前で欠員が出たらしくて、ディレクターが出演者を必死に探しているという話を中塚《なかつか》さんから聞きました」

中塚は京大医学部のクイズプレイヤーで、第一回から第三回までの「知能超人決定戦」に出場している。

「それで、急遽《きゆうきよ》出演が決まったの？」と僕は聞いた。

「はい。僕は暇でしたから。中塚さんと一緒に、その日の夕方テレビ局へ行って、坂田さんとかディレクターとか――名前は忘れちゃったんですけど、僕を含めて六人で打ち合わせをして、収録は明日の午後一時からだって言われて。だいぶバタバタしてました」

「番組内容の説明はあった？」

「一応、企画書みたいなのはもらったんですけど、MCの芸能人とか、アナウンサーの名前とか、入り時間とかスタジオの場所とか、そういう情報ばかりで、たいしたことは書かれていませんでした。坂田さんに『知能超人決定戦って見たことある？』って聞かれて、僕が『あります』って答えたら、『だいたいあんな感じだから』って」

「その他は何を話したの？」

「番組の構成上、僕に肩書きをつけなくちゃいけないみたいで、『何か肩書きとか、特技とか、自慢できる経歴とかある？』って聞かれたんです。必死に捻《ひね》りだして、『高校生オープン準優勝』っていうのと、『小学校のときにバスケで県の選抜になった』っていうのを出したんですけど、坂田さんは『ちょっと弱いな』って」

「番組では『東大首席の男』になってたけど」

「そう、それなんですよ。僕がいくつか候補を出した中で、卒論が『一高賞』っていう賞に選ばれたって話をしたんです。『一高賞』はそもそも教養学部内の賞で、卒論とか修論とかを頑張った人に与えられる賞なんです。学部内で何人かもらえる賞なんで、もちろん栄誉には違いないのですが、首席っていうわけでもありません。そもそも僕、大学の成績そんなによくなかったですし」

「なるほど」

「というか、首席ってなんですか？　僕の知る限り、東大に首席なんて肩書きはありませんよ。卒業式で答辞を読む人は総代って呼ばれるらしいですが、あれだって何を基準に選ばれているのかもわかりません。だいたい、別の学部の学生の成績をどうやって比較するんですか？　比較して意味があるんですか？」

「たしかに、それもそうだね」

「収録当日に台本を渡されるまで、自分が『東大首席の男』なんて恥ずかしい肩書きを背負わされるとは思ってなくて。坂田さんに直接『首席はさすがに嘘なんで、変えてください』って頼んだんですけど、『他のを考えてみる』みたいな感じで約束はしてもらえなくて。ちなみに、僕にオファーが来る前に出演を断った人も、番組が用意した肩書きに納得がいかなくてキャンセルしたらしいです。『IQ200の天才』って肩書きだったらしくて。実際には小学生のときにクラスで一番IQが高かったとか、そんな程度だったみたいです」

「山田が第四回以降に出演してないのも、それが理由？」

「大きな理由の一つですね。結局『東大首席の男』のまま放送されていたし、そのせいで僕、友人からしばらく『首席』ってからかわれてたんです」

「そんなことがあったんだ」

　ちなみに、「史上最年少で公認会計士に合格した男」というのが、当時の本庄絆の肩書きだった。本庄は高校一年生のとき、十六歳で公認会計士の試験に合格している。

「それ以来、テレビに出るのも怖くなっちゃって。『Q－1グランプリ』も、『超人丸』のスタッフの人から、『シードの枠を用意するんで二回戦から出ませんか？』って言われてたんですけど、また変な肩書きをつけられるかもしれないと思って断ったんです」

「僕が決勝に進めたのは、山田が出場しなかったおかげかもな」

「いや、三島さんなら僕が出てても決勝に行ってましたよ」

僕は「それでさ」と話を変えた。「『知能超人決定戦』の話に戻るんだけど、山田が出た回で有名なシーンがあったじゃん」

「本庄のやつですか？　ノーベル文学賞受賞者を全員答えたやつ」

「そう。あの問題、山田も五十七人書いてたけど、そんなに覚えてたの？」

「いや、実はあれ、収録前日の夜に、ディレクターから出演者全員にメールが送られてきたんです。『明日の多答問題で、ノーベル文学賞に関する問題が出るかもしれません』って。それで寝る前と翌朝に頑張って覚えたんです」

「そういうことだったんだ」

「まあ、どっちにしろ本庄は化け物ですよ」と山田が言った。「僕はクイズをやってたので、もともとノーベル文学賞受賞者を四十人くらい知ってましたし、実質的に新しく覚えたのは二十人くらいです。あの当時の本庄ってまだクイズとか全然やってなかったはずで、単に勉強ができるってだけで番組に出てましたから、一から覚えたに違いありません。それなのにたった一晩で百人以上丸暗記したんですよ。僕も暗記は苦手じゃないですけど、絶対にできません」

「それってヤラセだと思う?」

「ヤラセかどうかで言われると……難しいですね。グレーって感じですか。でもまあ、少なくとも出演者全員にメールを送っているので、平等ではありましたし、収録現場で番組スタッフが本庄に答えを教えていたわけでもないので、彼が頑張って暗記したことは事実だと思います」

「なるほどね。ちなみに、本庄の印象とかってある?」

「そうですね……。収録後に僕のところに来て、『今日はありがとうございました』って言ってきたんです。僕だけじゃなくて、他の出演者とかスタッフ一人一人にも挨拶してて、テレビに出続ける人って、画面外でこういうことしてるんだなって感心しました」

山田の話を通じて、本庄絆という人間のことが少しだけわかった気がした。

本庄は他人に求められた役割を完璧に演じる男だ。

番組から「ノーベル文学賞受賞者の問題が出る」と言われれば、全受賞者を暗記する。『超人丸』で「超人」という役回りを与えられれば、その役を最後までやり遂げる。「世界を頭の中に保存した男」という肩書きを与えられた本庄絆は、本気で世界を頭の中に保存しようとしたのかもしれない。

本庄絆という人間のことを、少しだけ理解したような気分になる。

●

四問目を前にして、僕は深呼吸をして両肩をぐるぐる回した。対戦相手が誤答覚悟のリスクのある押しをして、運よく正解したあとのルーティーンだった。こういった問題を落としたあと、冷静さを失いやすいことを僕は知っている。相手の運が良かっただけで、自分の判断は間違っていなかった。百回同じ状況になったとしても、百回僕は我慢する。百回本庄絆に押させて、百回正解させる。僕の判断は間違ってない。だからやり方を変える必要もない。そんなことを、呪文《じゅもん》のように頭の中で繰り返している。

「本庄さん、ボタンを押すのがとても早かったと思いますが、どうしてわかったのですか？」とMCが聞く。

「問題の最初、一九一五年と聞こえた瞬間に、歴史上の出来事としてクイズに出されるものはあまりないと感じました。前年の一九一四年なら候補が多いのですが、一九一五年はあまりなく、あえて言うなら『対華二十一ヶ条要求』くらいでしょうか。それで、ある程度ノーベル賞の問題が来るのではないかと踏んでいたので、次の単語が聞こえれば押せると思っていました。私はノーベル賞受賞者の部門、受賞年、国籍、受賞理由をすべて暗記しています。一九一五年は生理学・医学賞と平和賞の受賞者はいませんし、経済学賞はまだ設立されていません。受賞者は化学賞のリヒャルト・ヴィルシュテッター、文学賞のロマン・ロラン、そして物理学賞のブラッグ親子の四人です。『X線』という言葉が聞こえたので、ブラッグ親子のどちらかが答えだと思いました」

「どうして息子が答えだと思ったのですか？」

「息子のローレンス・ブラッグは当時史上最年少でのノーベル賞受賞でした。私も史上最年少で公認会計士試験に合格しているので、以前から親近感があったんです」

MCは「なるほど。天才同士にしか通じない『親近感』があるんですね」と話を断ち切る。僕は本庄の話を聞きながら感心しつつ、それでもやはり危険な押しだったと思っている。本庄絆は「親近感」が二択の根拠だと言っているが、僕は「親近感」を理由に答えたことはない。もちろん、本庄絆なりのリップサービスで、他の根拠があったのかもしれないし、そもそもこの番組自体がヤラセだったら根拠など必要ない。

ＭＣが目を伏せ、スタジオ全体が次の問題の準備に入る。僕は早押しボタンの上に右手を置き、ゆっくりと目を瞑る。

「**問題――**」という声が聞こえて目を開く。

「**山頂までの登山道は六段しかなく、標高――**」

ボタンに力をこめる。パァン、という音がする。

僕が押したタイミングと、音が鳴ったタイミングが微妙に合っていない。

不安になりながら確認すると、やはり本庄のランプが光っている。答えはわかっていたが、僕は押し負けた。

「**天保山**《てんぽうざん》」と本庄が大きな声ではっきりと答える。自信があったようだ。

ブー、と不正解の音が鳴る。誤答だ。観覧席からため息が漏れる。

なるほど、と僕は妙に感心する。本庄は「世界を頭の中に保存」していたからこそ、この問題を間違えた。僕のように、競技クイズばかりやってきたプレイヤーだったらまず間違えない問題だ。

得点は2—1のまま。本庄は二回までしか許されない誤答のうち、序盤で一回を消費した。悪くない流れだ——ステージ上の僕は、そんなことを考えている。

「Q．山頂までの登山道は六段しかなく、標高三メートルで日本一低い山とされる、仙台市の山は何でしょう？　A．日和山《ひよりやま》」

●

二〇一一年三月十一日、本庄絆は山形県鶴岡市にいた。

「父がバイオテクノロジーの研究者で、鶴岡市の研究所へ転勤したんです」

本庄絆の弟、本庄裕翔《ゆうと》くんは僕にそう教えてくれた。「震災当時僕は小学生で、兄は中学生でした。ちなみに、鶴岡市には父の任期が終わる二〇一二年まで住んでいました」

裕翔くんは礼儀正しい青年だった。柔道をしているせいか、本庄絆よりも肩幅が広く体も大きかった。背が高いところや、鼻筋がまっすぐ通っているところなんかは同じだが、顔はそれほど似ていない。国立の医学部を目指しているそうで、部活が終わってから予備校に通う毎日だという。「兄のように理三に受かるほど頭が良くないので、毎日必死に頑張ってます」と語っていた。理三とは東大の理科三類のことで、医学部に進学する人たちが入学する、日本の受験でも最難関の志望校だ。本庄絆はその理三に現役で合格している。

「震災があったとき、僕たち家族は山形にいたんですが、鶴岡市は日本海側でしたし、津波や原発の被害を受けたわけでもなくて。食器棚が倒れたり、冷蔵庫が少し移動したり、そんな程度でした。とはいえ、父は仙台の出身で、父方の親戚の多くが被災したみたいで、しばらくはバタバタしていたような記憶があります」

「お兄さんはどうでした？　何か変わったこととか」

「そうですね」と裕翔くんは腕を組んだ。しばらく何かを考えてから、「まあ、いいでしょう。兄も自分で公言してるし」と言った。

「どんなことが？」

「兄は、震災の半年前くらいから不登校だったんです。学校でかなり壮絶ないじめに遭っていたみたいで。具体的に何をされていたのか、僕はそんなに詳しくないんですけど」

「そうだったんですか」

「どこかの雑誌のインタビューで、兄自身がそのときの話をしているはずなんで、それを読めばもう少し詳しいことがわかると思います。いじめに遭って、兄の性格は大きく変わってしまったような気がします」

「どういう風に変わったんですか？」

「それまでは明るくて学校の中心的存在だったというか。小学校では児童会長も務めていましたし、地元のサッカークラブでもキャプテンでした。勉強もスポーツもできたし、ご存じの通り顔もカッコ良かったので、女の子にもモテていました。でも、いじめがあって、兄は家庭内《うち》でもあんまり喋らなくなりました。自室に籠《こ》もって、地元の図書館で借りてきた図鑑とか本とかをずっと読んでいて。何を考えているのかわからない感じで、心配した両親が何度かカウンセラーのところへ連れていったりもしたんですが、結局何も変わらなくて」

「いじめに遭った原因とかって何かあるんですか？」

「些細《ささい》なことだったようです。上級生との間に揉《も》めごとがあって、兄はその仲裁を頼まれたのですが、『自分は関係ない』って断ったみたいで。『意気地《いくじ》なし』とか、そういう悪口から始まって、最終的にはクラス中から無視されてたみたいで。ちなみに、僕も兄から直接聞いたわけではなくて、さっき言った雑誌のインタビューに書いてあったのを読んだんです」

裕翔くんが言っていたのはテレビ雑誌『TVファン』のことで、「『超人丸』特集号」に彼のインタビューが載っている。

本庄絆が中学に進学してすぐ、昼休みのグラウンドの使用権をめぐって上級生と揉めごとがあった。その上級生は本庄絆と同じ小学校の出身で、サッカークラブの先輩でもあった。本庄絆はグラウンド使用権の揉めごとには関与していなかったが、「火曜日と木曜日の昼休みは一年生がグラウンドを使用する」という暗黙のルールを遵守《じゅんしゅ》するよう、先輩への忠告を頼まれた。だが、本庄絆は「先生に言ってくれ」とその依頼を断った。それが最初のきっかけだったらしい。くだらない理由だ。

いじめはエスカレートしていき、クラス全員に無視されたり、地元の川へ飛びこむことを強要されたり、スーパーでお菓子やジュースを万引きさせられたりしたらしい。断れば断るほどエスカレートしていくので、最終的にはいじめグループの言いなりになるしかなかったようだ。そうして二学期から本庄絆は不登校になった。昼間、近所の図書館で手当たり次第本を借りて、ひたすら読破していたらしい。見かねた父親が、「せっかくなら何か資格でも取ればいい」と言って、気象予報士や公認会計士の問題集を買ってきた。こうして本庄絆は中二で気象予報士の資格を、高一で公認会計士の資格を取得した。

「震災後、兄は再び登校するようになりました。どういう心境の変化があったのかはわかりませんが、翌年に東京に戻るまで、兄は一日も学校を休みませんでした。その間にいじめもだいぶマシになったみたいで」

「いじめっ子たちとの関係を改善したんですか？」

「そうなんです」と裕翔くんは言った。「昨年末なんかは、鶴岡市まで行って中学のクラス会に出席してたんです。あんないじめに遭っていたのに、僕には理解できません。三島さんは理解できますか？」

「どうしてですか？」

「わかりません」と僕は答えた。「でも、矛盾するようだけど、わかる気もします」

「僕は本庄絆ではないので、もちろん彼の気持ちなんてわかりません。ただ、もしかしたら、復讐《ふくしゅう》をしにいったんじゃないかなって」

「復讐？」

「お兄さんは東京に戻って、東大の医学部に進学して、『超人丸』でテレビのヒーローになりました。今やテレビの前には無数のファンがいて、彼のXには五十万人のフォロワーがいます。昔、自分のことをいじめていた人たちに、今の自分の姿を見せつけたかったのかもしれません」

「あの兄に、そんな普通の人間が抱く感情があるんですかね？」

「わかりません」と僕は答える。本当にわからない。でも、もし自分が同じ目に遭っていたなら、そういう風に考えるだろう。自分を虐《しいた》げてきた連中に、成功した自分の姿を見せる。お前たちみたいなだらない人間とは違って、俺は努力をして地位を築いた。あのとき誰が本当は正しかったのか証明してやった。俺はお前らと違って優しいから、サインだって書いてやるし一緒に写真も撮ってやる。でも、お前たちのことは心の底から軽蔑している——僕は心の中でそんなことを想像する。

別れ際、裕翔くんが「兄の居場所がわかったら教えてください」と言った。「『Q－1グランプリ』の日から、あんまり家に帰ってきてないんです」

「あんまり？」

「何日かには一度帰ってきているみたいなんですが、僕が学校に行ってる間みたいで」と裕翔くんが答える。「母も何をしてるのかわからないみたいで、少し心配でして」

東日本大震災が起きた日、僕は高校でクイズをしていた。当時の僕は高校一年生で、開催が近づいていた『ａｂｃ』に向けて、毎日必死に対策を練っていた。『ａｂｃ』

は大学四年生以下の学生が対象の短文早押しクイズの大会で、出場者数も大会の規模も、そして優勝で得られる名誉も、クイズ界では最大規模のものだった。スポーツ選手におけるオリンピックのようなもので、学生クイズプレイヤーの多くがこの大会で結果を残すことを一つの目標としている。

先輩から譲り受けた対策問題集を何冊も解いた。他校のクイズ研究部とお互いの情報を交換し、質の良かった問題集を貸してもらったりもした。

その日は、後輩の一人が短文クイズの新しい問題集を手に入れてきていて、部員たちでその研究をしていた。僕は、地震の瞬間に出題されていた問題のことを一字一句忘れずに覚えている。

「Q. 日本でもっとも高い山は富士山ですが、大阪市港区にある日本でもっとも低い山は何でしょう？」

僕は早押しに勝って、その問題の解答権を得ていた。だが、答えを口にすることはなかった。僕が押した時点で、すでに地面が大きく揺れていた。机の上に置いていた早押しボタンが、解答権を示す明かりを点けたまま床に落ちた。得点を書いていたホワイトボードが倒れそうになり、問い読みをしていた部員が慌てて支えた。僕は揺れが収まるまで、机の脚を握りながら床に伏せていた。

高校はテスト休みの期間中で、校舎にはそれほど多くの学生はいなかった。異状がないか、怪我人《けが》がいないか、教師が校舎中を歩きまわっていた。登校していた学生は体育館に集まるように指示され、安全が確認されると帰宅の許可が出た。電車が止まっていたり、親と連絡が取れなかったりして、帰宅ができない生徒は学校に宿泊することになった。僕は学校のある都内から何時間も歩き、バスなんかも使ってなんとか千葉の自宅に帰ることができた。家に着いたのは午後八時だった。家には兄と母がいて、父はまだ帰宅の途中だと聞いた。何枚か食器が割れたくらいで、僕の家の被害はそれほどでもなかったらしい。

テレビでは津波によって火事が起きている映像が流れていた。映像が切り替わって、山の中腹から、津波に呑みこまれていく街の様子を悲鳴とともに眺める人々の姿が映った。現実に起こっていることだと思えなかった。

寝る前に、僕は地震の瞬間に出題されていた問題のことを思い出した。大阪市港区にある、日本でもっとも低い山は天保山だ。

つまり、震災があったあの日の時点で、本庄絆の「天保山」という答えは正解だった。

　それから三年以上が経った日に、両国《りょうごく》で開催されたオープン大会の決勝で、あのときと似た問題が出題された。

「日本でもっとも高い山は富士山ですが、二〇一四年四月、国土地理院によって日本でもっともひ――」

　押したのは僕だった。「ですが問題」と呼ばれる有名な形式で、後半部分でパラレルになった箇所がクイズの本体になっている。「日本でもっとも高い山は」と始まれば、「世界でもっとも高い山は？（A．エベレスト）」「日本で二番目に高い山は？（A．北岳《きただけ》）」などと続く。

　僕はこの問題で「読ませ押し」を使った。「読ませ押し」とは、早押しボタンが点灯してから、出題者が問題文を読むのを中断するまでの僅《わず》かな時間を使った技術だ。まだ答えがわからない状態でボタンを押し、その後に出題者が勢い余って発音してしまう声を聞いて答えを確定させる。

　僕は「日本でもっとも」と聞こえた段階で、次の一文字がクイズの答えを確定させるとわかっていた。出題者は「ひ」と発音した。つまり、この問題は「日本でもっとも低い」と続くはずだ。「日本でもっとも高い山は」と始まって、「日本でもっとも低い山は何でしょう」と終わる。天保山が国土地理院によって「日本一低い山」と認定された、という情報は聞いたことはなかったが、それはともかく答えは「天保山」に違いない。

「**天保山**」

僕は何かの運命を感じながら、震災の日に置き忘れたままになっていた答えを口にした。

ブー、と不正解を示す音が聞こえた。

「日本でもっとも高い山は富士山ですが、二〇一四年四月、国土地理院によって日本でもっとも低い山として認定された、宮城県仙台市宮城野区にある山は何でしょう

――正解は『日和山』です」

その誤答のせいもあって、僕はその日の大会で優勝を逃してしまった。

帰り道、僕は「日和山」について調べた。日和山は東日本大震災の地盤沈下や津波によって、天保山より低い山になっていたのだった。僕が知らないうちに、天保山は日本で二番目に低い山になっていた。皮肉なことに、僕が震災の日に置いてきた問題は、震災によって違う答えになっていた。

でも、誤答したというのに、僕は言いようのない充実感に満たされていた。

クイズが生きている――そんな気がしたからだった。クイズは世界のすべてを対象

としている。世界が変わり続ける以上、クイズも変わり続けるのだ。

そういうわけで、本庄絆が「天保山」と誤答した理由が僕にはよくわかる。僕も同じ間違いをしたことがあったからだ。実際に、数年前まで日本一低い山は「天保山」だった。

本庄絆はもともとクイズプレイヤーではなかった。だからこそ、彼は保存された世界の情報が更新されていることを知らなかった。知識は自動的にアップデートするわけではない。それまで通説だったことが間違いだったと証明され、新たな通説が生まれる。学者の発見によって物質の性質が変わったり、未解決だった数学の問題が証明されたりする。独立して新たな国が誕生したり、市町村が合併して日本一大きな市が変わったりする。世界が変化する以上、クイズの答えも変化する。クイズ大会の会場で、僕はそのことを何度も思い知らされていた。

画面の中央に映しだされた、意外そうな表情をした本庄絆の顔を見ながら、僕は番組が終わったあと富塚さんとタクシーで帰ったときのことを思い出した。僕は「やっぱ、てるとは思いませんでした」と口にした。最終問題まで、僕は一切ヤラセを疑っていなかった。その根拠の一つにこの誤答がある。あらかじめ答えを知っていた人間が自信満々に「天保山」と誤答するだろうか。誤答だと知ったあとに、こんな表情をするだろうか。僕にとって「天保山」という誤答は、ヤラセにしてはあまりにも生々しかった。

僕は二〇一一年の本庄絆を想像する。

学校で地獄を味わい、怒りと悲しみと諦めの感情の中、彼は自室という世界に引き籠もった。それでも彼は、世界を知りたかった。図書館で借りた本を読み、頭の中にもう一つの世界を作りだそうとした。もしかしたら、「天保山」のことを知ったのも、そのころなのかもしれない。図書館で借りた本のどこかに、当時日本でもっとも低かったその山のことが書かれていたのだ。

あの地震を経て本庄絆の中で何かが変わった。何が変わったのかはまだわからないが、とにかく本庄絆はもう一度自室から出ることに決めた。彼が山形県で経験したことは、「本庄絆」というクイズプレイヤーの人生に大きく影響を与えているはずだ。

山形県、という言葉で僕は思い出す。「ママ．クリーニング小野寺よ」は山形県を中心とするクリーニングチェーンだった。彼は山形県に住んでいて、「ママ．クリーニング小野寺よ」のことをよく知っていた。

本庄絆が「ママ・クリーニング小野寺よ」を知っていた理由はわかった。

もちろん、クイズの答えがすべてわかったわけではないが、僕は着実に前進していた。

●

クイズには「確定ポイント」というものがある――いや、正確には「ある」とされている。

確定ポイントとは、問題文の中でクイズの答えが確定するポイントのことだ。問題が読まれる前、無限に存在していた選択肢は、問題が読まれるにしたがって選択肢の数を減らしていく。そしてどこかのタイミングで一つに絞られる。

たとえば「タイトルは任務のタイムリミットである『〇時一分』を意味している、ギャビン・ライアルのハードボイルド小説は何でしょう?」というクイズがあったとする。「タイトルは任務のタイムリミットである『〇時一分』を意味している」の時点で、この問題の答えは「『深夜プラス1』」以外にありえないとわかる。

もちろん、クイズは万物を対象にしているので、「『深夜プラス1』」以外にも、同じ理由でタイトルをつけた作品が存在するかもしれない。そういう厳密な意味においてクイズの答えが確定するのは、問題文がすべて読まれてからなのだが、現実的な話としてクイズは解答可能でなければゲームとして成立しないので、問題文のどこかに、かならず「(現実的なクイズとしての)確定ポイント」が存在する。

クイズプレイヤーの基本的な戦術は「確定ポイント」でボタンを押して、正答を口にすることにある。「確定ポイント」を見極めるため、あるいは「確定ポイント」でどんな答えが確定するかを知るため、クイズプレイヤーはさまざまな知識を頭の中に入れる。他の人が知らない情報を持っていれば、誰よりも先に答えを確定させることができる。

先ほどの「山頂までの登山道は六段しかなく、標高三メートルで日本一低い山とされる、仙台市の山は何でしょう?」という問題は、実は「山頂までの登山道は六段」の時点でほとんど答えが確定している。登山道が六段で、クイズに出されるだけの一般性を持つものは「日和山」しか存在しないだろう。だが、僕は日和山の登山道が六段しかないという情報を知らなかった。おそらくかなり標高が低い山について聞かれているのだろう、と思いながら、次の情報が出るのを待っていた。その間に本庄にボタンを押されてしまった(結果的に彼は誤答をした)。

僕にとって「美しい早押し」というのは、答えが確定した瞬間に押し、百パーセントの自信を持って正解を答えることだ。この美学は、それなりの数のクイズプレイヤーに同意してもらえると思う。

「三島さん、ラッキーでしたね」

MCが僕に聞く。MCがクイズプレイヤーでない以上、仕方のないことだが、その瞬間の僕はラッキーだとは考えていない。本来ならば、僕が押して僕が正解するべき問題だった。ステージ上の僕は、本庄絆に押し負けてしまったという気持ちが先行している。

「そうですね」とだけ僕は答える。やはり面白みがない。

今になって思えば、僕はその場で本庄絆の誤答「天保山」についてのフォローをするべきだった。本庄さんが解答した『天保山』は、実は日本で二番目に低いとされている山で、東日本大震災で『日和山』の標高が低くなるまでは、日本一低い山だったんです——そんなことを口にしたってよかったはずだ。少なくとも視聴者は、本庄絆の誤答の意味を理解することができた。

「本庄さん、ここで間違えてしまいましたが、今の心境はいかがですか？」とMCが話を振る。

本庄絆は少し間を置いてから、次のように話す。

「かつてサッカーのイタリア代表エースだったロベルト・バッジョは、一九九四年アメリカW杯決勝のPKを外したあと、『PKを外すことができるのは、PKを蹴る勇気を持つ者だけだ』と言いました。誤答をすることができるのは、解答をする勇気を持つ者だけなんです」

「さすがのコメントですね」とMCが口にしてから、本庄絆は「いえ、私の場合はただの負け惜しみですよ」と付け加える。

画面の端で、僕は口を開けたままだった。よく覚えている。僕は、生放送ですらすらと話し、自分の誤答を知識と笑いに変えてしまう本庄絆に唖然《あぜん》としている。自分とは別の世界の人間なのだと改めて感じている。

「それでは次の問題に行きましょう」とMCが笑いながら言う。

「問題——」

僕は切り替えて問題に意識を向ける。僕は本庄絆ではない。僕の役目はテレビ番組を盛り上げることではない。クイズに正解することだ。

「平安時代、山城国《やましろのくに》の刀工——」

僕が押して、解答権を示す明かりが点く。本庄絆は反応していない。

僕は今から正解を口にする——僕は百パーセントの自信があって、そう思っている。「平安時代、山城国の——」と聞こえた瞬間に、名刀「三日月宗近《みかづきむねちか》」か、三日月宗近を鍛えた人物である「三条宗近」が答えになるだろうと瞬時に予測した。僕は「と」が聞こえた瞬間にボタンを押した。

問題文は「平安時代、山城国の刀工」だ。おそらく「刀工によって」というように続く。これは刀工の名前を聞く問題ではなく、刀の名前を聞く問題だろう。

僕にはそんなことを考える余裕まであった。

「三日月宗近」

僕は自信を持って答える。迷いはない。これが正解だと、百パーセント確信している。

ピンポン、と音が鳴る。会場にいた人々の何人かには、僕の押し方の美しさが伝わったのかもしれない。かなり大きな拍手が聞こえる。

これで3—1だ。僕はリードを広げる。

「Q. 平安時代、山城国の刀工によって鍛えられ、代々徳川将軍家によって所蔵され

てきた、国宝にも指定された天下五剣の一つである日本刀は何でしょう? A.三日月宗近」

●

僕は一度だけ、クイズをしていたおかげで女の子と仲良くなったことがある。

その日、僕は大学のクラスの飯島という友だちに突然呼び出され、下北沢《しもきたざわ》の居酒屋へ向かった。居酒屋には飯島と一緒に知らない女性がいた。僕が着いた瞬間、女性は「本物だ!」と言った。

「な、言ったろ?」

飯島が酒で赤くなった顔でうなずいた。

僕は思わず「どういうこと?」と聞く。

「いや、こいつが『イチヒャク』が好きだって言ってたから、前に友だちが『イチヒャク』に出たんだよって話をしてさ。三島の回も見てたみたいで、『会ってみたい』って」

『イチヒャク』はテレビのクイズ番組だ。一人のクイズプレイヤーが、百人の素人《しろうと》を相手にクイズ対決をする。クイ研の紹介で僕も出演したことがあった。結果としてはいまいちで、ファイナルステージの手前で敗退してしまった。

飯島の友人女性は、僕に番組のことをいろいろと聞いてきた。司会をしている俳優のことだったり、収録までの流れだったり、そういったものだ。僕は司会の俳優と地元が同じで、控室で少し話をしたことや、収録前にすき焼の弁当が出たことなどを話した。

三十分ほど経ったころ、その女の子の友人が合流した。二人は高校の同級生らしい。女の子は桐崎《きりさき》さんという名前で、専門学校に通っているという。

桐崎さんはどこか居心地が悪そうで、飲み会の間もあまり喋らなかった。飯島が口にしたことに愛想笑いをしている感じだった。

僕たちは四人でお酒を飲み、終電前に店を出た。桐崎さんと僕は家が同じ方向だったので、小田急線のホームで一緒に電車を待った。

知らない人ばかりの飲み会に急に呼ばれて、特に打ち解けることもなく帰ることになった彼女を、なんとなく気の毒に思い、僕は「趣味とかあるんですか？」と聞いた。こういう質問を躊躇《ちゅうちょ》なくできるのは、僕がクイズをしているおかげだ。彼女がどんな趣味を持っていようとも、たいていの話にはついていくことができる。

「たぶん、言ってもわかってもらえないと思うんですよ……」

桐崎さんは恥ずかしそうに下を向いた。

「わかると思いますよ。どんな話題にもついていけるキャパはあるんで」と僕は言った。

自分でも、どうしてそんなことを口にしたのかわからない。酒に酔っていたのもあるだろうし、少しムキになっていたというのもあるだろう。当時の僕は大学二年生で、その年のオープン大会で七回優勝していて、「自分は誰よりもクイズが強い」なんていう傲慢《ごうまん》さもあった。自分についていけない話題など、この世に存在しないと思っていた。

「……日本刀が好きなんです」

彼女は小さな声でそう言った。僕は「三日月宗近とか？」と聞いた。

「そうです！ 宗近のこと、どうして知っているんですか？」

桐崎さんが急に大きな声を出して、僕は少し驚いた。

「童子切安綱《どうじぎりやすつな》、鬼丸国綱《おにまるくにつな》、大典太光世《おおでんたみつよ》、数珠丸恒次《じゅずまるつねつぐ》の四振《ふり》と合わせて、『天下五剣』と呼ばれています」

「数珠丸も知っているんですか？」

「はい。クイズのために覚えました」

「他に知っている日本刀のこと、全部教えてください！」

帰りの電車の中で、僕は自分が知っている日本刀の知識を話した。日本刀には太刀《たち》、刀、脇差《わきざし》、短刀などの種類があること。太刀はほぼ二尺以上の長さで、大太刀は三尺以上、二尺未満は小太刀と呼ばれること。いわゆる日本刀と呼ばれる、反《そ》りのある太刀は、承平天慶《じょうへいてんぎょう》の乱以降に作られたこと。

桐崎さんの降りる駅が近づいていた。彼女は「もっと日本刀のことを知りたいです」と口にした。僕は思いきって連絡先を聞いた。こうして僕たちは後日、二人で会うことになった。

四回ほどデートをして、僕たちは付き合うことになった。彼女は僕のことを「キャパくん」と呼んだ（「どんな話題にもついていけるキャパはある」という僕の言葉が理由だ）。

付き合い始めて一ヶ月ほど経ったころ、桐崎さんが「実は私、『刀剣乱舞』っていうゲームにハマってて」と言った。

「日本刀を擬人化したゲームだっけ？」と僕は聞いた。

「そう。初めて会ったとき、キャパくんに『日本刀が好き』って言ったよね。あれって、『刀剣乱舞』のことで」

「そういうことだったのか」

「オタクだと思われるのが恥ずかしくて隠してたんだけど」

「恥ずかしがることじゃないと思うけど。僕だってクイズのオタクだし」

「まわりにやってる人もいなかったし、刀剣の話ができて嬉《うれ》しくて、あの日の私、ちょっとキモかったと思う」

「僕も、知ったような口で日本刀の話をしていた気がする。全部クイズの知識で、実物を見たことなんて一度もないのに」

「それじゃあ、実物を見にいこうよ」という彼女の一言で、僕たちは東京国立博物館へ三日月宗近と童子切安綱を見にいった。

その後も、僕たちは博物館や美術館へ行った。そこで僕が持っている知識を話すのを、彼女は楽しそうに聞いていた。僕は僕で、彼女が興味を持ってくれるよう、いつも事前に準備をした（そのころに勉強した蘊蓄《うんちく》は、のちに何度もクイズの役に立った）。彼女と一緒に、僕はクイズの知識として知っているだけだった美術品や絵画、彫刻、建築などの現物を見てまわった。大学の夏休みには、二人で二週間かけてイタリアとフランスとスペインに旅行をした。次はギリシャに行こうという話もした。

彼女と一緒にいることで、それまで単なる文字の情報にすぎなかった知識が現実の世界と結びついていった。

●

美しい押しだったな、と感じていた。答えが確定した瞬間に、誰よりも先にボタンを押す。百パーセントの自信を持って答えを口にする。そうやってポイントを稼ぐ。

MCが「日本刀にも詳しいんですか？」と聞いてきた。

僕は「三日月宗近が所蔵されている東京国立博物館で、実際に現物を見たことがあるんです」と答えた。本庄絆には敵《かな》わないが、このコメントは悪くない。クイズに答えることができた必然性を端的に説明できているし、三日月宗近が東京国立博物館に所蔵されているという情報も提示できている。そして何より、僕は真実を、自分自身のストーリーを話している。桐崎さんと一緒に、三日月宗近の現物を見たことを、今も鮮明に覚えている。

「本庄さん、反応できなかったようですが、難しい問題でしたか？」

本庄絆は「三島さんが早すぎて、押し負けてしまいました」と答えた。

たしかに難しい問題だ。桐崎さんがいなかったら——彼女が「刀剣乱舞」のファンでなかったら——僕だってあのタイミングで押すことはできなかっただろう。

調子も良いし、運も向いている。僕はますます確信していた。

今日は勝つ。

クイズをしていると、何年かに一度くらい、そんな気分になることがある。そして、そういうときは実際に勝つのだ。

「問題——」という声が聞こえる。

「画家としても国宝のももはと——」

僕のボタンが点いている。自分でも意識しないうちに早押しボタンを押していた。僕の無意識が、「わかる」という判断をして勝手に押してしまったのだ。調子が良いときほど、こういう現象に出くわす。

恐ろしいことに、僕はその時点でまったく答えの見当がついていない。

僕は聞こえてきた情報を頭の中で繰り返す。注目すべきは「画家としても」の部分だ。「画家としても国宝の——」という文章は、おそらく「画家としても国宝の『〇〇』という作品で知られている、〇〇だった人物は誰でしょう?」という文章に続いている。つまり答えは人物名で、その人物は画家以外の職業を持っている。

僕の喉《のど》から、アドルフ・ヒトラーが外に出たがっている。僕はヒトラーを退治する。君じゃない。たしかに君はもともと画家で、最後は独裁者になった。だが、ヒトラーは国宝と関係がないし、午後七時から全国に生放送されているクイズ番組の答えとして不適切だ。

黒田清輝《せいき》という名前が浮かぶ。だが、黒田清輝は美術家として有名だったが、貴族院議員も務めていたはずだ。黒田清輝の作品は国宝だっただろうか。彼は明治と大正の人物で、その時代の絵画が国宝として認定されたという話は聞いていない。それに「ももはと」が思い出せない。どこかで聞いたことがある気がするが、黒田清輝の作品にそんなものがあっただろうか。

会場の沈黙が僕にのしかかってくる。頭の中が真っ白になる。

僕はダメもとで「**黒田清輝**」と答える。自信がなくて、いくらか小さな声だった。たぶん違っているだろうが、他に答えが思いつかない。何も口にしないで解答時間をオーバーするくらいなら、違っていると思っても何か答えた方がいい。万物の中から、たまたま正解を引く可能性もある。

ブー、と不正解の音が聞こえる。

正解は「徽宗《きそう》」だった。

僕は思わず「あー」と声を出す。答えを知っていた。二、三年前、僕はテレビのクイズ問題作成バイトで徽宗が答えの問題を作っていた。だからきっと、僕の無意識が「わかる」と反応してしまったのだ。でも僕は、答えを思い出すことができなかった。だからといって、後悔しているわけではない。クイズをしていれば、よくこういった状況に陥る。思い出せないことは仕方ない。むしろ僕は、自分の指を深く信頼していい。僕は本庄絆より早く押して、そして答えを知っていた。答えにたどり着けなかったのは、単純に運が悪かったからだ。

3—1。まだ僕はリードしている。

「Q. 画家としても国宝の『桃鳩図』などの作品を残している、一一二七年の靖康《せいこう》の変により金に捕らえられた、北宋末期の皇帝は誰でしょう？　A. 徽宗」

●

何年もクイズを続けるうちに、捨ててしまった感情がある。

恥ずかしい、という感情だ。

たとえば、初対面の女の子に「どんな話題にもついていけるキャパはあるんで」と口にしたら、普通は思い出すだけで自分の首を切り落としたくなるほど恥ずかしいだろう。でも僕は、そのことをそれほど恥ずかしいと思っていない。中学三年生のころから、自分の心にあった恥ずかしいという感情をちぎり捨てはじめ、高校二年生になるころにはすっかり失《な》くしていた。それが良いことか悪いことかは別にして。

中学三年生の僕は、本格的にクイズを始めて二年が経ったばかりだった。部内の大会で、あるいは部外のオープン大会で、僕はなかなか結果を出せずにいた。筆記では上位に食い込むので、予選を突破することはできる。だが、勝ち進んで早押しやボードクイズが始まると、途端に僕は勝負弱くなった。

自分の実力には自信があった。他の同期の部員の誰よりもクイズの勉強をしていたし、大会で勝ちたいという気持ちも強かった。だが、結果だけが出なかった。

同期の中山や、後輩の山田がオープン大会で入賞するようになっていた。

他校で開催された例会の早押しでこっぴどく負けたあと、当時高校二年生だった高橋部長と二人でサイゼリヤへ行った。僕は食事も喉を通らず、ひたすらドリンクバーの烏龍茶《ウーロン》を飲み続けていた。

「部長、僕はどうして勝てないんでしょうか」

「お前が誰よりも頑張っているのは知ってるよ」

ハンバーグを食べながら、高橋部長はそう言った。「知識だけなら、同世代でもトップクラスだと思う。俺だって、ジャンルによっては敵わない」

「そんなことないですよ」と僕は謙遜《けんそん》しながら、心の中で「文学とスポーツなら負けない」と思っている。

高橋部長はクイズ研究部のエースで、高校生オープンでも優勝していたし、『ａｂｃ』でも決勝に残ったことがある。

「ちなみに、クイズは知識の量を競ってるわけじゃないよ」

ハンバーグを食べ終わり、フォークを置いて先輩がそう言う。

「じゃあ、何を競ってるんですか？」

「クイズの強さを競ってる」と高橋部長が答える。

「クイズの強さ？」

「お前、みんなの前で間違えるのが恥ずかしいと思ってるだろ？」

「そうですか？」と言いながら、僕は「そうかもしれない」と考えている。原因はわかっている。初めて参加した大会で、「人間ドック」が答えの問題で「人間ドッグ」

と解答した。出題者に「もう一度、ゆっくり発音してください」と言われ、「人間ドッグ」と繰り返して不正解になった。他の参加者が「それじゃ人間犬じゃん」と隣で笑っているのが聞こえた。それ以来、僕は誤答を恐れていた。

「玲央は押しが遅いんだよ。答えを確信してからじゃないとなかなか押さない。それじゃあ勝てない」

「たしかに、いつも押し負けている気がします」

「誰も知らない問題に、たった一人で正解する——たしかに気持ちいい。最高の気分だ。でも、それだけじゃ勝てない。みんなが知ってる問題でも押し勝って取らなきゃいけない」

「それはわかってるつもりなんですけど」

「リスクを負うことも必要だ。展開によっては、まだ五分五分でも他より先に押さなきゃいけない。『恥ずかしい』という感情はクイズに勝つためには余計だ。そんな感情は捨てた方がいい。笑われたって、後ろ指さされたっていいじゃないか。勝てば名前が残る」

「どうやったら『恥ずかしい』という感情を捨てられるんですか？」

「『マイ・ウェイ』って歌、あるだろ？」

「アメリカ人歌手のフランク・シナトラの曲ですね。本名はフランシス・アルバート・シナトラ。別名『ザ・ヴォイス』」

「そう。さすがによく勉強しているな。いいか、『恥ずかしい』という感情を抱きそうになったら、頭の中で『マイ・ウェイ』を流すんだ。これが俺のやり方だ、文句あるか、って」

「なるほど」

それから僕は、恥ずかしくなりそうになったら頭の中のシナトラに『マイ・ウェイ』を歌わせた。僕の場合、その習慣は長く続かなかった。クイズの大会中に、のんびりシナトラを流す余裕がなかったからだ。でも僕は、少しずつ自分の弱点を克服していった。クイズをしている限り、誤答とは一生付き合わなければならない。

答えがわからない。押したのはいいけれど思い出せない。問題文の先を予測してみたが見当違いだった。そんなことは頻繁にある。でも僕は恥ずかしがらず、堂々と誤答を口にした。学校のテストで空欄を作ることがもったいないように、クイズをしているのに何も答えないのはもったいない。間違っていると思っていても、とりあえず口に出してみる。間違っているのは誤答することではなく、恥ずかしがって何も答えないことだ。

気がつくと、クイズの外でも「恥ずかしい」と思うことがあまりなくなっていた。クイズも現実世界も同じだ。なんでもやってみるに越したことはない。誰かに笑われたって構わない。恥ずかしいという気持ちのせいで自分の可能性を閉ざしてしまうことの方がもったいない。そもそも人間は、他人の失敗なんてすぐに忘れてしまう。

クイズという競技は人間を変える。きっと、サッカーも同じだし、チェスも同じだし、上毛《じょうもう》かるたも同じだし、リーグ・オブ・レジェンドも同じだ。あらゆる競技が人間を不可逆に変えるだろう、と僕は思う。それが良いことか悪いことかは別にして。

●

クイズとは、クイズの強さを競うものだ。クイズの強さとは相手に先んじて正答を積みあげる力だ。

かつて「知識の量だったら負けない」と思っていた僕は、『Q－1グランプリ』の決勝の舞台で、知識の量で絶対に勝てない相手と対峙《たいじ》している。

でも僕は勝つ。僕は変わった。僕は本庄絆よりクイズが強い。

「間違えてしまいましたが、三島さん、難しい問題でしたか？」

MCに聞かれ、僕は「そうですね」とうなずく。「答えを思い出せませんでした」

「思い出せなかった?」と聞かれる。

僕は質問の意図がわからず、「はい」と答える。

「本庄さんもボタンに手がかかっていましたが、答えはわかっていましたか?」

答えがわかってから押しているようだと相手に解答権を取られてしまいます。「早押しクイズにおいて、私たちは『はい』とも『いいえ』とも言えます」と本庄絆が言う。「早押しクイズにおいて、私たちは『はい』とも『いいえ』とも言えます。ランプが点いて、答えを口にするまでの短い時間で、『わかりそう』と思ったら押します。今の問題も、押そうとした時点では答えはわかっていません。その後、必死に思い出したわけです」

僕は感心している。やはり本庄絆はすごい。僕が理解できなかった質問の意図を察して、MCと視聴者向けに解説をしている。

クイズをやらない人にとって、「答えを思い出せなかった」というコメントは不可解だ。わかるかわからないか、その二択だと思っている。クイズプレイヤーは答えがわかってから押すのではなく、「わかりそう」と思った段階で押す。僕にとってそれはあまりにも当たり前のことだったが、普段クイズをやっていない人からすればなかなか理解できない感覚だろう。

本庄絆がカメラをじっと見つめる。彼の顔がアップになる。カメラが動き、横にいる僕の顔を映す。額から汗が垂れている。

カメラが引き、横に並んだ僕たち二人を映す。一七一センチの僕の目線は、本庄絆の顎《あご》くらいの高さだ。彼は一八五センチくらいあるだろうか。

「問題――」という声が聞こえる。僕は集中する。誤答に怯《ひる》むことはない。

「ＣＮＳと略されることもある三大――」

本庄絆が押した。押し負けた。僕も反応していたが、彼の方が早かった。すでに問題がどういうものか、僕にも予測ができている。

「ＣＮＳ」だけではまだわからない。ケアンズ国際空港の略かもしれないし、中枢神経系の略かもしれない。「三大」という言葉で、「ＣＮＳ」が三大学術誌のことであるとわかる。つまり問題文は「ＣＮＳと略されることもある三大学術誌とは、〇〇、〇〇と、あと一つは？」みたいな形になるだろう。

三大学術誌とは『セル（Cell）』、『ネイチャー（Nature）』、『サイエンス（Science）』の三誌だ。普通に考えればこの問題は三択で、どれが答えかはわからないが、クイズという競技のことをよく知っていれば、実はほとんど一択だとわかるはずだ。もともとクイズプレイヤーではなかった本庄絆は正解することができるのだろうか。

「『サイエンス』」と本庄絆が答える。迷いなく、冷静に。

ピンポン、という正解音が聞こえる前に、僕は「正解だろう」と考えている。このタイミングで押して、三択に正解するということは、本庄絆はクイズの勉強をしているに違いない。

もしかしたらこの決勝戦は、僕が想像していたよりもずっと難しいものになるかもしれない。

そのときから、僕は本庄絆というプレイヤーの評価を変えつつあった。「幅広い知識を持っているだけのテレビタレント」から、「幅広い知識を持っている強力なクイズプレイヤー」に。

すぐに「ピンポン」と音が鳴る。会場に大きな拍手が鳴り響く。

3—2だ。本庄絆が追いあげる。

「Q. CNSと略されることもある三大学術誌とは、『セル』、『ネイチャー』と何でしょう? A. 『サイエンス』」

●

「知能超人決定戦」を除けば、本庄絆が初めてクイズ番組に出演したのは二年前の夏だ(「知能超人決定戦」は純粋なクイズ番組ではない)。すでに『超人丸』で有名だった本庄絆は、『日本一のクイズ王は誰だ？　高学歴芸能人vs.天才大学生』という特番に出演した。その番組の動画はＹｏｕＴｕｂｅに(おそらく違法に)アップロードされている。

結論から言うと、その特番で本庄絆は負けた。ボロ負けした。

たとえば、ファーストステージにおいて、「ナイアガラの滝を構成する三つの滝とは？」と聞かれた本庄絆は、「ニューヨーク滝、オンタリオ滝、ナイアガラ滝」と誤答している(正解は「アメリカ滝、カナダ滝、ブライダルベール滝」の三つだ)。ナイアガラの滝がアメリカのニューヨーク州とカナダのオンタリオ州の国境になっていることを知っているのはさすがだが、競技クイズをやっていたプレイヤーならまず間違えないベタな問題だ。

なかなか正解できず、芸能人にもポイントで先行され、焦った本庄絆は「地球でもっとも高い山はエベレストですが、火星でもっとも高い山は？」という問題で「火星山」と誤答して、MCから「そんな小学生みたいな間違いあるか？」と突っ込まれている（答えは「オリンポス山」だ）。ファーストステージで敗退したときには、高学歴アイドルから「勉強はできてもクイズは苦手なんですね」という手痛い一言をもらって苦笑いをしている。

おそらく放送でカットされているだけで、本庄絆はかなりの誤答をしたのだろう。特に見せ場もなく、というか「頭でっかちでクイズができない」というキャラをイジられながら、彼は出番を終えた。

その後、本庄絆はクイズ番組に数多く出演していくことになる。すべての番組を確認したわけではないが、僕が見た限り、彼は「頭でっかちな解答で他の参加者を笑わせる」というポジションだった。「ベタ問」と呼ばれる、クイズプレイヤーなら誰でも知っているベタな問題に頓珍漢《とんちんかん》な解答をする。思考力が問われるクイズで誤った方向へ緻密《ちみつ》な推理をして、とんでもない誤答をする。その様子をイジられて笑いに変える——そういう枠で参加していた。僕だけでなく、他のクイズプレイヤーも、そのときの本庄絆のイメージが強く残っていたはずだ。だから、彼のことを「記憶力はいいけれど、クイズはできない」という目で見ていた。

彼が変わったのは坂田泰彦がプロデューサーを務める『Qのすべて』の第四回放送で優勝してからだ。本庄絆は『Qのすべて』のレギュラーで、それまでの放送回にも出演していたが、優勝したのは第四回が初めてだった。

僕は知人たちに尋ねまわって、そのうちの一人から『Qのすべて』の第四回放送の録画を送ってもらった。

この番組において、本庄絆はそれまでの姿と大きく違っていた。ベタ問に正解し、わからない問題はスルーする。間違いで笑いを取りにいくのではなく、正解で視聴者や他の参加者を驚かせる。

本庄絆はクイズの勉強をしなければ答えることのできない問題に正解していく。「モホロビチッチ不連続面、グーテンベルク不連続面、レーマン不連続面」や「ペタロイド」、「サンタ・マリア・イン・コスメディン教会」に「白瀬矗《のぶ》」。もちろん、まだクイズプレイヤーとして粗《あら》い部分はある。変なところで押してしまって誤答したり、答えが確定しているのに問題を最後まで聞いたりしている。

とはいえそれ以来、本庄絆は出演したほぼすべてのクイズ番組で優勝するようになる。もともと持っていた百科事典的な知識量に加え、それまで足りなかったクイズ的技術を習得していった。それだけでなく、ボタンの押し方や駆け引きの仕方も洗練されていき、隙《すき》のないクイズプレイヤーになりつつあった。彼は、僕たち競技クイズのプレイヤーが何年、何十年もかけて覚えてきた知識と培《つちか》ってきた技術を、数ヶ月で会得《えとく》しつつあった。

こうして本庄絆は「世界を頭の中に保存した男」という肩書きを受け入れ、「どんなクイズにも正解する超人」というポジションを確立していく。

僕は本庄絆の「一文字押し」の映像を何度も再生した。『Qのすべて』の最終回、最終問題で伝説となった解答だ。

僕はなんとかして見つけようとした。魔法の痕跡《こんせき》を。あるいは、ヤラセの痕跡を。

「しゃ――」と聞こえる。そして本庄絆がボタンを押す。正解を口にして優勝が決まる。他の出演者たちが「まだ一文字しか読まれていないのに!」と驚く。

数回目でわかったことがある。よく聞くと実際には問い読みのアナウンサーは「しゃくに――」と口にしていた。急に解答ランプが点いて慌てて口を閉じたようで、漏れるように小さな声で「くに」まで発音している。

もちろん「しゃくに」と聞こえたからと言って、答えがわかるわけがない。だが、この問題が、番組の最終回に最終問題として出されたことを考慮に入れると、本庄絆の「一文字押し」が魔法でもヤラセでもなかった可能性が生じてくる。

本庄絆は「『終わりよければすべてよし』」と答えた。『終わりよければすべてよし』はシェイクスピアの戯曲だ。これと『尺には尺を』『トロイラスとクレシダ』の三作をまとめて、シェイクスピアの「問題劇」と呼ぶことがある。

「しゃくに」という言葉から「『尺には尺を』」を導きだした本庄絆は、答えが問題劇のうちのひとつ、『終わりよければすべてよし』ではないかと考えた。なぜなら、それが番組を締めくくる問題だったからだ。最終回の最終問題の答えが「終わりよければすべてよし」というのはなかなか洒落《しゃれ》ている。だから一応、論理的な推理で答えにたどり着く可能性があったわけだ。クイズプレイヤーが、問題外の情報を考慮すること自体は珍しくない。クイズは学力テストではない。出題者と解答者と観客がいて、ストーリーがある。ストーリーに気づく能力もまた、クイズプレイヤーとしての資質の一部だ。

番組内ではそういった説明はされず、本庄絆の超人性がひたすら強調されていた。本庄絆レベルになると、一文字聞いただけでクイズの答えがわかってしまうのだ、と。

僕は複雑な気分になる。

少なくとも、「一文字押し」に関しては、魔法やヤラセではなく、真っ当なクイズだったという可能性が生じてしまった。もちろん僕は、本庄絆にそのような推理ができるとは思っていない。思っていないが、不可能ではないと知ってしまっている。「ママ、クリーニング小野寺よ」も、もしかしたらクイズだったのではないか。

●

僕は早押しクイズは数列と似ていると思っている。

1、2、4……と聞こえた時点で、僕は数列のルールがわかったと思ってボタンを押す。僕は「この数列において十番目に来る数は何か」と問われているが、ボタンを押した時点で答えがわかっているわけではない。1、2、4の次は8だろう。この数列は、前の数を二倍にしていくものなのだ（$a_n=2^{n-1}$）と考えて、十番目に何が来るのかを急いで計算する。

実際に、それが正解ということもあるが、間違っている可能性もある。この数列はまだ確定していないからだ。1、2、4の次に7が来る場合も考えられる。1から2は1増えている。2から4は2増えている。4の次は3増えて、7になるかもしれない（$a_n=\frac{n^2}{2}-\frac{n}{2}+1$）。この数列は階差数列かもしれない。

つまり、この問題の場合、「確定ポイント」は四つ目の数字にある（ように思える）。4の次に8が来るか、7が来るか。8や7が聞こえてから押すことにすると、同じように考えていたプレイヤーとの反応勝負になる。それに先んじようと、次の数字が聞こえそうなタイミングで押すのが「読ませ押し」だ。それよりも前、三つ目の数字である4が聞こえた時点で押すのは、完全にギャンブルだ（クイズプレイヤーはそのギャンブルを「ダイブ」と呼ぶ）。

もちろん、1、2、4、1、2、4、1、2、4……という数列や、1、2、4、5、4、2、1、2、4……という数列である可能性だって存在しているわけで、本当は問題文の最後（九番目）まで聞かないと十番目にどんな数字が来るかは確定しない。だが、クイズプレイヤーは「そんな意地悪な数列が出題されるわけがないだろう」という信頼感のようなものを持っていて、ある程度の段階で押してしまう。その信頼感はこちらが一方的に抱いているだけのものだが、裏切られることはあまりない。自分で問題を作ったことのある人間なら誰でもわかると思うが、作問者は「できることなら誰かに正解してほしい」と思っている。正解の「ピンポン」という音は、解答者だけでなく、出題者も肯定する音なのだ。解答者の世界と、出題者の世界が重なりあって、答えがひとつに確定する。それこそがクイズの醍醐味《だいごみ》だ。だから意地悪な問題はよほどの事情がない限り出題しない。

数列を前にした僕たちは、早押しボタンを押してから、死に物狂いで計算をする。五秒か十秒か、どちらにせよ与えられた解答時間は長くない。時間をオーバーすれば不正解だ。もちろん、計算ミスをすることもあるし、計算が間に合わないこともある。数列そのものが、自分が考えたものとはまったく別のルールだった、ということもある。場合によっては、わかったと思った数列が実はわかっていなくて、苦し紛れに当てずっぽうで適当な数字を口にすることもある。

「日本で一番高い山は富士山ですが――」という問題でも同じことが言える。「世界で一番高い山は何でしょう?」と続くかもしれないし、「日本で二番目に高い山は何でしょう?」と続くかもしれない(当然、クイズとは万物が対象であるので、「日本で一番高い山は富士山ですが、春先に吹く強風のことを一般的に何と言うでしょう?」と続く可能性だってゼロではない。だが、それでは前半部分の文章が無駄になってしまう。無駄のある問題は好まれないので、こういう問題が出題されることはまずない)。

僕たちはさまざまな可能性を考え、状況に応じてリスクを取りながらボタンを押す。ルールが完全にわかり、計算を終えてから押しているようでは、他のプレイヤーに後《おく》れを取ってしまう。かつてどれだけ勉強しても大会で結果を残せなかったときの僕は、誤答を恥じるあまり、そのようなプレイスタイルになってしまっていた。

数列に喩えるならば、「クイズの強さ」とは、さまざまな数列の可能性を見つけられる知識と、リスクを計算しながらベストのタイミングで押す技量と、計算の速さと正確さ、それらの総合値だと思う（より正確に言うならば、どんな状況でもベストパフォーマンスができる精神力や、問題として知っている数列が出てくる運の良さ、出題者がどんな数列を好むかを予測する能力なども含まれるだろう）。

かつての本庄絆はクイズプレイヤーではなかった。ゆえに彼のもっとも大きな弱点は、クイズという競技におけるコツというか技術というか、暗黙の了解のようなものを知らなかった点にあった。たしかに彼は誰よりも知識を持っている。だが、知識を持っているだけでは早押しクイズに勝てない。クイズにおいて、自分だけが知っている問題ばかりが出題されることはない。他のプレイヤーも答えることのできる問題で、どれだけ相手を出し抜けるか。相手より早く押すことができるか。そういう点も早押しクイズの強さのひとつだ。

本庄絆は早押しクイズの強さも手に入れていた。彼は「ＣＮＳと略されることもある三大――」で押した。この問題は、三択に見えて、実は三択ではない。

問題文は以下のように続くはずだ。「CNSと略されることもある三大学術誌とは、〇〇、〇〇と、あと一つは？」

「CNS」は「C」、「N」、「S」の順に並べられるはずだ。それが自然だからだ（そうでない順番に並べるのなら、特別な理由が必要になる）。つまり、この問題は「CNSと略されることもある三大――」の時点で実質的に答えが確定している。「S」が何か問われるのだ。だから答えは「『サイエンス』」になる。

「見事な正解でした」とMCが言う。「本庄さんは現役の医学生でもありますし、この問題は簡単でしたか？」

「ええ」と本庄絆は答える。「『サイエンス』は高校生のころから読んでいます」

普通だったら「おいおい、嘘つくなよ」と言いたくなるところだが、本庄絆なら本当かもしれない、とも思う。MCは「おお、それはすごい！」と大袈裟《おおげさ》に驚いているが、真に驚くべき点は本庄絆が高校生のときから『サイエンス』を読んでいることではなくて、彼が確定ポイントで正確に押して正答したことだ。

「三島さんも押していたようでしたが、間に合いませんでした」というMCのコメントに、僕は何を言えばいいのかわからず「はい」とうなずいている。

「熱戦はまだまだ続きます」というMCの一言でCMに入る。

CMの間に僕は水を飲んだはずだ。水を飲みながら、会場にいるはずの家族や友人の姿を探そうとしたが、照明が眩しくて何も見えなかったことを覚えている。

僕は水を飲みながら、「戦略を変えなくてはいけない」と考えた。本庄絆は思っていたよりもずっとクイズができる。まさか彼にクイズ的な技術で押し負けるとは思っていなかった。取れそうな問題はもう少し積極的に押していかないと勝ちきれないだろう――そんなことを考えたはずだ。

CMが明けて、MCが「さあ、次の問題に移りましょう」と言う。

「問題――」と聞こえる。

指先に力をこめる。目の前のランプが点いている。僕が押し勝っている。

「脂肪の吸収を抑える効果がある烏龍茶重合ポリフェ――」

わかるはずだ。この問題は取れるはずだ。

冷静になれ、と僕は自分に言い聞かせる。

問題は以下のように続くはずだ――脂肪の吸収を抑える効果がある「烏龍茶重合ポリフェノール」のことを、アルファベット四文字で何というか。

僕は目を瞑って思い出す。一昨年の秋、僕はその四文字を目にした。仕事で出張があって、僕は京都のホテルにいた。朝食のバイキングに黒烏龍茶が置いてあって、そこにポスターが貼られていた。ポスターには「黒烏龍茶の三つのポイント」と書いてあった。「烏龍茶重合ポリフェノールの働きで脂肪対策をしましょう」。その下に――アルファベット四文字。PPAP。僕はピコ太郎のことを思い出す。思い出してから、頭から振り払う。解答時間を目一杯使い、ギリギリで「OTPP」と僕は答える。ピンポン、と音が鳴る。会場から拍手が聞こえる。僕の脳内にはPPAPのメロディーが流れている。

4―2。僕はリードを広げる。

「Q. 脂肪の吸収を抑える効果がある『烏龍茶重合ポリフェノール』のことを、アルファベット四文字の略称で何というでしょう? A. OTPP」

●

王様は王様であるだけで衣食住が満たされるが、クイズ王はそうではない。大学三年生の年、僕は十五個のオープン大会に出場し、七回優勝して、三回準優勝した。その年の日本で、それだけの数のクイズ大会に優勝した人物は僕だけだろう。僕は名実ともに「クイズ王」だった。でも、七回の優勝で僕が手にした賞金はゼロ円だ。大間《おおま》のマグロの缶詰を一ケース、野菜ジュース、生命保険会社のロゴが入ったクリアファイル、二つのトロフィーと「初代ものしり博士号」の賞状。それが、その一年間のクイズ大会で僕が得たもののすべてだ。テレビの高額賞金のイメージとは違い、クイズプレイヤーたちが手弁当で開催しているクイズ大会で豪華な賞品は期待できない。クイズが強くても、それだけで生活することは不可能だ。

僕は就職活動をした。もっとも重要な条件は「クイズを続けられること」だった。つまり、土日に休むことができて残業が少ない。場合によっては副業としてテレビに出演することもあるので、そのことを許可してもらわないといけない。

クイズは就職活動の役に立ったとも言えるし、役に立たなかったとも言える。「クイズ王」という肩書きで内定をくれた企業はなかったけれど、テレビに出たことを明かして面接の場が盛り上がったこともあったし、面接官の出身地に関する蘊蓄を披露したこともあった。いくつかの会社が内定をくれて、その中から僕は医療系の出版社に就職することにした。医療や医学に関する本を出している、それほど大きくない会社だった。

学生時代から付き合っていた桐崎さんは旅行代理店に就職した。就職を機に実家を出るという話だったので、僕たちは永福町《えいふくちょう》の1LDKのマンションを借りて一緒に住むことにした。

クイズ研究会の同期たちが就職を機にクイズを引退していくのを見送りながら、僕は競技クイズの世界に残った。以前に比べれば勉強できる時間は減っていたが、それでも大会で結果を残し、たまにテレビにも呼ばれた。

社会人一年目の秋、僕は医学系のシンポジウムに参加するために京都へ出張した。直前で上司に別の仕事が入って、僕は一人で行くことになった。京都には二泊する予定だった。一泊は仕事で、もう一泊はちょうど関西で開催されるオープン大会に出場するためだった。

出張二日目の朝、九時半から始まるシンポジウムに遅れないように、僕はホテル内のレストランへ向かった。レストランの入口で、従業員から「ただいま修学旅行中の高校生の団体が利用中なので、三十分後にずらせませんか？」と聞かれた。チェックインしたときに、そんな話を聞いていたことをすっかり忘れていた。僕は時計を見て、三十分待ったらシンポジウムに間に合わなくなると判断した。

「すみません、これから仕事なので、あまり時間がないんです」

従業員は「ご朝食をお召し上がりいただくことはできます」と言った。「ですが、少々騒がしいかもしれません」

「気にしませんよ」と僕は答えて、レストランの中に入った。それほど広くないレストランは高校生でほとんど満席だった。僕はトイレの前にあった隅の席に座った。席についたとき、桐崎さんからＬＩＮＥでメッセージが届いていた。

「おはよう。京都の朝はどう？」

僕は「高校生に囲まれている」と返した。

「どういうこと？」

「ホテルの朝食バイキングに来たら、修学旅行中の高校生集団とかち合っちゃって」

「楽しそう」

僕がどう返そうか考えている間に、桐崎さんから連続でメッセージが届いた。「キャパくんが東京に戻ってきたら、ちょっと話があるんだけど」

「なに？」と僕は返した。

「東京で直接話す」

僕は「わかった」と返信しながら、桐崎さんに出題されたクイズについて考えた。

さて、「話」とはなんでしょう?

僕はこういうクイズが苦手だ。ベタ問だと想定するならば、一番に思い浮かぶのは「結婚」に関する話だ。まだそんな時期ではないと僕は考えているが、桐崎さんはそうではないかもしれない。僕たちは付き合って四年目で、二十三歳だった。まだ結婚の話を具体的にしたことはない。だが、何事にも「最初」というものは存在する。今がその「最初」なのかもしれない。

もちろん、「転勤」の可能性もある。就職が決まったときに「頻繁に転勤がある」という話は聞いていた。彼女はまだ一年目で、吉祥寺《きちじょうじ》の支店に勤めていたが、大阪や名古屋に移ることになったのかもしれない。

いくつか候補を考えてみたが、どれも根拠に乏しい。まだ答えは確定していない。

僕は席を立って、バイキングコーナーへ向かった。サラダと小鉢、鮭《しゃけ》の切り身、納豆、海苔《のり》、味噌《みそ》汁、ご飯なんかを取って、牛乳をグラスに入れて席へ戻った。高校生たちの集団の中で、僕は明らかに異物だった。レストランの隅で黙々と食事をする僕に、何人かの高校生たちが注目しているのを感じた。

牛乳のおかわりを汲《く》みにいこうと席を立ったときに、遠くから「あの人が何を取りにいったか賭けようぜ」という声が聞こえた。こっそりやるつもりのようだったが、残念ながら僕はとても耳がいい。テレビの収録など、ざわついた会場内でも、問い読みが漏らした微《かす》かな声を聞きとって、正解にたどり着くことができる。そのおかげで大会で優勝したこともある。

「負けたやつがミックスドリンクを全部飲み干すってことで」

僕はちらりと声の方向を見た。コーヒーやらオレンジジュースやら牛乳やらが混ぜられた茶色い液体がグラスの中に入っていた。一瞬だけ、高校生の一人と目が合った。

誰かが「俺は牛乳に賭ける」と言った。別の高校生が「じゃあ俺はヨーグルト」と言った。それから次々に、「デザートのミニケーキ」「ミネストローネ」「アップルジュース」「食後のコーヒー」などの声が聞こえた。

なるほど、と僕は思った。僕は今、クイズの問題にされている。

「Q. 僕は何を取るためにバイキングコーナーへ向かったでしょう?」

僕は今、クイズの神様だ。答えが何になるか、僕は自分の意思で自由に決めることができる。僕はドリンクコーナーの前で立ち止まる。「ミニケーキ」や「ミネストローネ」と解答した高校生たちが「おい、止まるな」と言っている。

僕は飲み終えた牛乳で白くなったグラスを持ったまま、ドリンクコーナーに手を伸ばす。「牛乳」と解答した高校生は、正解を確信しているだろう。牛乳の残ったグラスに他の飲み物を入れる人はあまりいない。

僕はフェイントで牛乳の入ったピッチャーをつかむふりをしてから、隣にあった黒烏龍茶をグラスに注いだ。「なんでだよ」という声が聞こえる。残念だったな、と僕は心の中でつぶやく。クイズは甘くない。そう簡単には正解させてやらないぞ。

僕は白く濁った黒烏龍茶のグラスを持って顔をあげる。目の前には、黒烏龍茶のポスターが貼られている。

●

「記憶力がいい」と自分で思ったことは一度もない。暗記科目は苦手だったし、一度挨拶したことのある人の名前もよく忘れてしまう。クイズプレイヤーの知識に驚き、彼らは自分とまったく違う脳の構造をしているのだと思ってしまう人がいることは知っているが、「そんなことはない」と否定したくなる。もちろん、まったく違う脳の構造をしているクイズプレイヤーだって存在するかもしれない。たとえば本庄絆だ。一晩でノーベル文学賞受賞者を全員覚えるなんて芸当は、僕には真似できない。

僕は京都のホテルの朝食バイキングで、黒烏龍茶のポスターを見た。そのとき一度見ただけで、烏龍茶重合ポリフェノールの略称を「ＯＴＰＰ」と答えることができた。

でも、それだって特殊な技能を用いたわけではない。ポスターで「ＯＴＰＰ」という文字列を見て、僕はまず「ＰＤＣＡみたいだな」と思った。Plan—Do—Check—Action の四つの単語の頭文字をつなげたもので、管理業務や品質管理をするときの効率的な手法のことだ。それと同時に、クイズによく出るアルファベット四文字の言葉を思い出した。ＩＣＢＭは大陸間弾道ミサイルのことで、ＬＧＢＴはセクシャルマイノリティを示す言葉だ。僕は最後にＰＰＡＰのことを思い出した。元お笑いコンビ「底ぬけＡＩＲ－ＬＩＮＥ」の古坂《こさか》大魔王扮《ふん》するピコ太郎による「ペンパイナッポーアッポーペン」のネタを略したものだ（「ＰＰＡＰ」にはコンピュータセキュリティ上の手法の意味もあって、そちらが出題されたこともある）。

「ＯＴＰＰ」を見た僕は、「ＯＴ」が烏龍茶（Oolong Tea）の頭文字で、「Ｐ」の二つ目がポリフェノール（Polyphenol）の略だと思った。もう一つの「Ｐ」が重合を意味する英語の頭文字なのだろうと予測した。

僕が覚えていたのは、黒烏龍茶のポスターを見たことと、そこで四文字のアルファベットを目にしたこと、そしてそれが英単語の頭文字だったことで、そこに「ＰＰＡＰ」を思い出した記憶が合わさった。「ＰＰＡＰ」を想起したのなら、もしかしたら「Ｐ」

の数が多かったのかもしれない、そう考えて「OTPP」と答えた。

僕は「OTPP」を覚えていたわけではなくて、「OTPP」を見たときに考えたことを覚えていただけだ。そして、そういう記憶だったらそれなりに覚えていられるし、僕だけじゃなく、記憶力に自信のない人全般にも当てはまることなのではないかと思う。

もちろん、「OTPP」を見た僕が「PPAP」を想起したのは、クイズプレイヤーだったからだろう。クイズをしていると、そうやって一つの知識が他の知識と結びつき、意外な場所から正解にたどり着いてしまうことが頻繁にある。記憶とはそうやって互いに連関しているものだ。それゆえ、一見矛盾するようだが、知識が増えれば増えるほど、より多くの事柄を覚えることができるようになっていく。

僕たちは魔法使いなのではない。ただのクイズオタクなのだ。

MCに「そんな知識、どこから仕入れてくるんですか?」と聞かれた僕は「以前、黒烏龍茶のポスターで見たことがあったような気がして」と答えた。

悪い答えではないが、視聴者には誤って伝わってしまうかもしれない。「ああ、あの人は一度見たポスターの内容を覚えていられるんだ。私とは違う人間なんだ」と。

クイズプレイヤーは往々にして、そんな感じで自分たちの超人性を誇示してしまうことがある。意図的な場合もあるし、無自覚な場合や言葉足らずの場合もある。そういったやりとりが積み重なって、クイズプレイヤーは魔法使いだと見なされていく。だからこそ、本庄絆のゼロ文字押しを肯定する人も出てくるのだ。一度見たポスターの内容を覚えることと、読まれていない問題に答えることは、どちらも理解できない事象であるという点で等しい。バーコードを見ただけで商品名を当てた本庄絆は「どうしてバーコードが読めるんですか?」という質問に対し、「昔から物を買うときはバーコードを見ていました」と答えた。「何度も繰り返しているうちに、法則性に気づいたんです」

そんなのは嘘だ。ものを買うときにバーコードを見る人なんていない。本庄絆ならもしかして……と僕も一瞬考えてしまうが、本庄絆であってもさすがに嘘だ。

でも──と視聴者は考える。クイズプレイヤーならそういう習慣を持っているのかもしれない。そういった日常的な習慣の積み重ねが、彼らの超人的な早押しと結びついているのかもしれない。視聴者はそうやって信じてしまう。クイズプレイヤーは、魔法使いなんだ、と。

「すごい、としか言いようがありません。三島さんのレベルになると、一度見ただけでその内容を覚えてしまうそうです」とMCが言う。

「私は同じ英単語を百回見ても覚えられなくて、とても苦労しました」とアシスタントの女優が言う。ステージ上の僕は「僕も同じです」と言おうと思っている。「二万回単語帳を繰り返してもsimultaneouslyが覚えられなくて、入試本番でもそれで点数を落としました」と言いたくなって我慢している。口にしたあと、会場が変な空気になるかもしれないと恐れている。そこで我慢したせいで、僕は超人になってしまう。結果的に僕は魔法を使ったことになり、クイズプレイヤーの超人神話に加担する。

今になって思う。僕は自分が魔法使いではないことをきちんと説明するべきだった。説明しなかったせいで、本庄絆の優勝に正当性があると考える人や、僕がヤラセに加担したと見なす人が出てきたのだ。もしかしたら、責任の一部は僕にもあるのかもしれない――僕はそんなことを考える。

「さあ、三島玲央がさらに一歩リードしました。次の問題に正解するのはどちらでしょうか?」

MCが言う。僕は「OTPP」を答えることができたことで確信している。僕は今日、最高に調子がいい。本庄絆のファンはがっかりするかもしれないが、勝つのは僕だ。

「問題——」

僕はボタンに右手を添える。どんな問題が来ても、自分が先に押せると感じている。

「イェニチェリの鉄砲が——」

パァンと音がする。僕は本庄絆がボタンを押したことに気づいていない。

「イェニチェリ」という言葉を聞いた瞬間、僕の頭の中でいくつもの単語が舞っている。イェニチェリとは、オスマン帝国の歩兵軍団だ。

僕は世界史の問題を得意としている。それゆえ、無限の可能性を秘めていたクイズは、「イェニチェリ」という言葉によって既にいくつかの選択肢に絞られている。イェニチェリ以前にオスマン帝国の主力だった騎士の「シパーヒー」と、彼らに与えられた徴税権である「ティマール」。キリスト教徒の少年を強制的に徴用する制度であり、トルコ語で「集める」という意味を持つ「デヴシルメ」。イェニチェリを徴用する、イスラム世界における君主号である「スルタン」。「スプーン」や「カプクル」の可能性もある……。

その後に続く「鉄砲」という言葉で、さらに選択肢が狭まる。イェニチェリの鉄砲が威力を発揮したのは「チャルディラーンの戦い」で、その戦争を指揮したのが「セリム一世」。倒した相手が「サファヴィー朝」で、サファヴィー朝の主力である騎兵軍団が「キジルバシュ」。キジルバシュを構成するのがトルコ系遊牧民の……なんだっけ……そうだ、「トルクメン人」だ。問題の展開によっては、イェニチェリを廃止したあとの西洋式軍隊である「ニザーム＝ジェディット」の可能性もある。

そんなことを、僕はほとんど無意識のまま考えている。その結果、意識の表層にいくつもの単語が舞っている。

僕は準備をしている。「一五一四年」か「長篠《ながしの》の戦い」という言葉が聞こえたら「チャルディラーンの戦い」が答えだ。「オスマン帝国」という言葉が聞こえたら「セリム一世」が答えだ。「キジルバシュ」が聞こえたら「サファヴィー朝」が答えで、「サファヴィー朝」が聞こえたら「キジルバシュ」が答えだ。

「**チャルディラーンの戦い**」という本庄絆の声が隣から聞こえて、僕は我に返る。問い読みが中断されていたことに、僕はようやく気づく。世界の可能性を剪定《せんてい》する作業に夢中で、クイズのことを忘れていた。

ピンポン、という音が鳴る。正解だった。

僕は「おいおい」と思う。クイズはまだ確定していない。たしかにいくつかの選択肢の中ではもっとも有力ではあるが、まだ出題者の気分によって答えが変わる段階だ。

本庄絆はとんでもないギャンブルをしたか、他の選択肢を知らないか……。

ステージ上の僕は心の中で舌打ちをしている。それと同時に、現実世界で舌打ちをしないように気をつけている。生放送のテレビじゃなかったら、僕は本当に舌打ちしていたかもしれない。「何も知らないだけじゃん」と心の中で文句を言っている。知らないから押すことができて、たまたまそれが正解だっただけだ。MCに「今の心境は？」と聞かれたら、正直にそう答えてやろうか、と想像している。もちろん、そんなことができるほど僕は肝が据わっていない。

不満はあるが、正解は正解だ。これで4―3。本庄絆が僕に迫る。


「Q．イェニチェリの鉄砲が威力を発揮したことから日本の長篠の戦いになぞらえられる、一五一四年にオスマン帝国とサファヴィー朝が激突した戦いを何というでしょう？　A．チャルディラーンの戦い」

●

僕は本庄絆が出演したクイズ番組を可能な限り見た。映像が手に入らなかったものもあるし、YouTubeに一部だけアップされていたものもあるので、もちろんすべてというわけではないが、彼が出演した無数のクイズ番組のうち六割くらいは確認した。

本庄絆はときおり不自然な押し方をする。

普通、クイズを勉強すれば、クイズプレイヤーとして自然な押しになっていく。問題が確定したか、確定する直前で二択か三択まで絞られたときか、知識が足りなくて確定ポイントを逃し、その後の補足情報に気づいて押したときか。

不自然な押しの原因は、クイズという競技に対する無理解や無知にある。だが本庄絆は逆だった。クイズの勉強を始めてから、不自然な押しの回数が増えていた。

たとえば第十一回『Qのすべて』の第二ステージにおいて、本庄絆は「**日本では阪神・淡路大震災をきっかけに導入が――**」と聞こえた時点で押した。彼は誤答をすれば失格で、かつリスクを負ってギャンブルする必要もない状況だった。

クイズプレイヤーとして、この押し方はありえない。阪神・淡路大震災をきっかけに導入されたもののうち、クイズによく出るのは救急患者を搬送する「ドクターヘリ」と、患者の重症度によって治療の優先度を決める「トリアージ」の二つだ。

「日本では阪神・淡路大震災をきっかけに導入が――」の時点で、答えが「ドクターヘリ」なのか「トリアージ」なのかを決める要素はない。つまりここでボタンを押すのは完全に五分五分のギャンブルだ。本庄絆はまったくギャンブルをする必要がない場面でボタンを押して、「ドクターヘリ」と答えた。

結果的に**「日本では阪神・淡路大震災をきっかけに導入が始まった、救急患者の搬送に使われるヘリコプターを何というでしょう?」**という問題で、「ドクターヘリ」が正解だった。

こんなものはクイズの実力ではない——僕はそう感じた。では、あそこで押して「ドクターヘリ」を答えるとき、どんな根拠が存在するのだろうか。僕は三つの選択肢を考えた。

一、知識不足のせいで「トリアージ」という選択肢が思いつかなかった可能性。

二、二択が存在することを知っていながら、クイズのルールを理解しておらず、五分五分の勝負をした可能性。

三、番組側からあらかじめ答えを教えてもらっていた——つまりヤラセの可能性。

僕はまず、一の可能性は薄いと思った。本庄絆は医学部の学生だ。「トリアージ」という言葉を知らない、なんてことはありえない。「トリアージ」が阪神・淡路大震災をきっかけに導入されたことを知らない可能性はあるが、クイズを勉強していた彼が、得意ジャンルのベタ問を知らないなんてことがありえるだろうか。やはり可能性としては薄い、と思う。

二の可能性は、一よりも低いと思う。「ドクターヘリ」と答えた時点で、本庄絆は正解すれば第二ステージ突破、誤答すれば即座に失格、という状況だった。普段クイズ番組に出演しないプレイヤーでも、そういった状況でどうするべきかわかるはずだ。他のプレイヤーに迫られるまで、かなり自信があるとき以外は押さない。リスクを最小限にする。第一回の『Qのすべて』から最終回まで、ほとんどの回に出演していた本庄絆がルールを把握していないとは考えづらい。

そうなると必然的に三の可能性が高い、と感じてしまう。本庄絆と坂田泰彦はずっとグルだった。本庄絆が優勝する脚本を用意することで、本庄絆はクイズ王の名誉を得て、坂田泰彦はテレビスターの活躍によって視聴率を得る。二人はそういう共犯関係にあった。だからこそ、『Q-1グランプリ』の最終問題で、本庄絆はゼロ文字で押すことができた。

しかし、その推論にも不可解な点がある。「ドクターヘリ」と答えたとき、本庄絆は問題がある程度確定するまでボタンを押さなかった。「日本では阪神・淡路大震災をきっかけに導入が――」まで待ってしまえば、リスクを恐れる必要のない他のプレイヤーが押してしまう可能性がある。もしヤラセなのだとしたら、あまり合理的ではない押し方だ。『Q-1グランプリ』の決勝で「ゼロ文字押し」をしたことだって、ヤラセにしては不可解だ。ヤラセを疑われることがないタイミングで押すことができたはずの本庄絆は、なぜ問題が読まれる前に「ママ．クリーニング小野寺よ」と答えたのだろうか。多少の違和感は残る。

僕はそこで、第四の可能性に気づく。「僕が気づいていないだけで、実は答えが確定していた」というものだ。

僕は「トリアージ」について調べた。「トリアージ」の概念が日本に最初にやってきたのは一八八八年だ。百年以上前に、ヨーロッパ帰りの森鷗外《おうがい》が「トリアージ」のシステムを西洋から輸入した。当時は正式に導入されることはなかったが、一九三一年の満洲《まんしゅう》事変の際にも別の言葉を用いて日本式の「トリアージ」が実施されていた。「軽症者」、「重症者」、「助かる見込みのない者」など、症状を段階別に分類して、軍医たちは治療の優先順位をつけていた。第二次世界大戦後も「トリアージ」は存在していたが、それぞれの医師会や団体が独自の規格を決めて運用していた。その結果、現場が混乱することがあった。「トリアージ」の規格が統一されたきっかけの一つが阪神・淡路大震災だったわけだ。

「トリアージ」は震災よりずっと前に、すでに導入されていた。

つまり、「トリアージ」が答えになるためには、「日本では阪神・淡路大震災をきっかけに規格の統一が――」という文章にならなければならない。厳密には、「日本では阪神・淡路大震災をきっかけに導入が――」の時点で、答えは「ドクターヘリ」に確定している。

本庄絆がこの問題で真の確定ポイントを知っていた可能性が生じた。僕はヤラセだった可能性よりも、この第四の可能性の方が高いのではないかと思った。しかしそうだとすると、本庄絆は知識だけでなく、クイズという競技の実力でも（ジャンルによっては）僕を上回っていることになる。そんなことは認めたくない。認めたくないが、合理的に否定ができない。

もしかしたら、あの最終問題は、ゼロ文字で確定していたのかもしれない。僕が気づいていないだけで、問い読みより前に答えが確定していたのだ。あるいは、有限の数の選択肢まで絞られていた――僕はそんなことを考える。

それはない、と僕は声に出してつぶやく。

ステージ上の僕は深呼吸をして両肩をぐるぐる回した。このとき僕は、本庄絆が他の選択肢を考慮できなかったせいで「チャルディラーンの戦い」と答えることができたのだと考えていた。だが、「トリアージ」の件を知った今の僕は、別の可能性について考えている。

「イェニチェリの鉄砲が――」の時点で、クイズの答えが確定していた可能性だ。「イェニチェリの鉄砲が」の次に来る文章はどんなものだろうか。「イェニチェリの鉄砲が活躍した」や「イェニチェリの鉄砲が威力を発揮したことで有名な」などが自然だ。そうなると、「イェニチェリの鉄砲が活躍した、日本の長篠の戦いにも喩えられることのある、オスマン帝国とサファヴィー朝による戦争を何というでしょう？」みたいな問題につながるような気がする。

　別の可能性を考える。「イェニチェリの鉄砲が活躍したチャルディラーンの戦いにおいて、オスマン帝国と戦ったのは何という王朝でしょうか？」

　この場合の答えは「サファヴィー朝」になるが、問題としては美しくない。「サファヴィー朝」が答えになるなら、イェニチェリに対応してキジルバシュを出すべきだ。チャルディラーンの戦いが長篠の戦いになぞらえられるのは、鉄砲と騎馬が戦って、鉄砲が勝利したからだ。軍事史的にも重要な転換点の一つで、「チャルディラーンの戦い」以降は馬に代わって鉄砲と大砲が戦場の主役となる。つまり、問題は「イェニチェリの鉄砲とキジルバシュの騎馬隊が戦ったことで有名なチャルディラーンの戦いにおいて、オスマン帝国に敗れたのは何という王朝でしょう？」という文章になる。この場合、「イェニチェリの鉄砲が」ではなく、「イェニチェリの鉄砲と」だ。

「難しい問題だったと思いますが、見事正解しましたね」とMCが本庄絆に水を向ける。

「ええ」と本庄絆が答える。「非常に難しい問題でした」

映像を見ながら、僕はMCが考える「難しい」と、クイズプレイヤーとしての「難しい」に大きな違いがあると感じている。

MCはおそらく「イェニチェリ」や「チャルディラーンの戦い」という言葉そのものが難しいと考えている。たしかに、それらは日常的に使われる言葉ではない。だが、クイズプレイヤーからすれば、この問題には言葉そのものとは別のところに難しさがある。「長篠の戦い」というキーワードが聞こえた瞬間に、この問題の答えは「チャルディラーンの戦い」だと確定する。だが、「長篠の戦い」が聞こえてから押すと、他のプレイヤーに先んじることはできない。それゆえ、クイズプレイヤーは「長篠の戦い」というキーワードが聞こえる前に、「長篠の戦い」がこのあと出てくるだろう、と予測できる瞬間を狙《ねら》っている（妙な言い方になってしまうが、確定ポイントが確定するポイントを狙っている、ということだ）。

そしてそのポイントは「イェニチェリの鉄砲が」という地点にあったのだ——少なくとも、今の僕はそう解釈している。本庄絆が気づいていたのかは別にして、このクイズは確定していたのだ。

「三島さんが世界史を得意としていることは知っていたので、思いきって押しました」と画面の中の本庄絆が言う。

「対戦相手の研究もしてきているんですか？」

「ええ、もちろんです。準決勝に残った人は全員、すでに研究済みです」

ステージ上の僕は本庄絆がリップサービスでそう言っているのだと思っている。少なくとも僕には、自分以外に七人もいる対戦相手の研究をするという発想はなかった。誰と戦うことになるのかもわからない出場者たちの研究をするくらいなら、その時間でクイズの知識を詰めこむ方が本番で確実に活きる。

今となっては、本庄絆が本当に対戦相手の研究をしていたのではないかと思えてしまう。彼は超人的な記憶力を持っていて、今さら詰めこむべき知識などあまりないのかもしれない。彼にとって、「クイズの正解がわかるかどうか」という点より、「対戦相手より早く押せるか」という点の方が重要なのだ。相手の得意ジャンルでは多少無理してでも早めに押す。相手の苦手ジャンルではゆっくり確実に押す。そういう研究をした——一応、筋は通る。

「さあ、本庄絆が追いあげました。次の問題へ行きましょう」

「**問題——**」

僕は呼吸を整える。理不尽な正解をされたあと、次の問題に平常心で挑めるかどうかが重要だと経験的に知っているからだ。頭に血がのぼって、雑な解答を繰り返して自滅したことなら何度もある。同じことはもうしない。

「**現在は淡路島《あわじしま》の保存——**」

パァンという音がする。本庄絆のランプが光っている。

僕は呆気にとられている。僕は指先に力すら入れていない。答えの想像もついていないからだ。どんな問題で、どんな答えの可能性があるのか、見当もつかない。阿久《あく》悠《ゆう》、上沼《かみぬま》恵美子、堀井雄二、渡哲也、渡瀬恒彦。淡路島出身の有名人の名前を漠然と思い浮かべるが、誰も「保存」と結びつかない。僕はどうして「野島断層」という答えが導きだされたのか、想像もできずにいる。

ピンポン、と音が鳴る。観覧席に驚きの声が広がる。

4―4。あっという間に僕のリードがなくなる。僕は本庄絆の横顔を見たまま、ただひたすら驚いている。

「Q．現在は淡路島の『保存館』で天然記念物として展示されている、阪神・淡路大震災で出現した活断層を何というでしょう？　A．野島断層」

●

『Q－1グランプリ』の映像を一時停止して、僕はスマホを手にとる。さっき富塚さんから「野島断層の件で興味深い映像を見つけた」というLINEが来ていたことを思い出す。

僕は富塚さんに電話をかけて「三島です」と名乗る。

「おお、LINE見た?」

「見ました。今、電話大丈夫ですか?」と僕は聞く。

「大丈夫」と富塚さんが答える。

「それで、『興味深い映像』ってなんですか?」

「三島って、今もまだ本庄の映像集めてたりする?」

「集めてます」と僕は答える。本庄絆が出演しているテレビ番組の映像を持っていないか、僕はクイズ関係の知り合いすべてに聞いていた。富塚さんもそのうちの一人だった。

「『Qのすべて』で問題作成をしてた水島ってやつがいてさ。大学のクイ研の後輩なんだけど。三島が『本庄の映像を集めてる』って言ってたから、この前クイ研の同窓会があったときに聞いてみたのよ」

「持ってました?」

「水島が問題作成に加わったのは第三回から第六回までで、録画してたのはその間だ。第五回は本庄が出てないから、実質三、四、六回だね」

僕は「本庄絆のテレビ番組出演リスト」を取りだして、番組名の右側にあるチェック欄を確認する。『Qのすべて』は割と最近の番組ということもあって、比較的映像が確認できている。海外の（おそらく違法な）視聴サイトで確認したものや、YouTubeに一部アップされているもの。クイズ仲間が自分の出演回の録画を持っていたもの。

「第三回と第四回は持ってます」と僕は答える。第四回は本庄絆が初めて優勝した回だ。

「じゃあ、俺が役に立てるのは第六回だけかな」

「いえいえ。本庄絆の映像は全部見ておきたかったので、一本だけでもとても助かります」

「第六回を三島が持ってなくてよかったよ」と富塚さんが言う。「実はその回に、野島断層に関する興味深いシーンがあったんだ」

「どんなシーンですか？」

「第二ステージの早押し問題だ。そこだけ切り取ったから、LINEに映像を貼っておく」

僕はパソコンでLINEを開き、富塚さんから送られた映像を確認する。

第六回『Qのすべて』、第二ステージの二分ほどの映像だ。

「問題――」という問い読みの声が聞こえる。本庄絆は右端の席にいる。ぐっと長身を折り曲げ、早押しボタンに右手を添える。左手は右腕に乗せられている。まっすぐ前を見つめ、眉間《みけん》に力を入れる。さまざまなテレビ番組で、そして『Q－1グランプリ』決勝の舞台で見てきた表情だった。

「阪神・淡路大震災の震源に最も近い活断層とも呼ばれ、その一部が淡路島にほ――」

本庄絆がボタンを押す。本庄絆は少し考えてから、いつもより小さな声で**「野島断層保存館」**と答える。

不正解だった。司会者が「惜しい！」と言う。「ほとんど正解なんですが」

正解は「野島断層」だ。冷静になって少し考えれば、正解が「野島断層保存館」ではないと想像できる。問題の「その一部が淡路島にほ――」という文章は、おそらく「その一部が淡路島に保存されている」と続く。この問題で聞かれているのは「保存してある場所」ではなく、「何が保存されているか」だ。答えが「野島断層保存館」では、「保存」という問題文中の言葉が答えの一部になってしまって美しくない。

本庄絆はひどく悔しそうな表情を浮かべている。僕は、彼が誤答をして悔しがることがきわめて珍しいと知っている。彼の出演番組を数多く見てきたが、本庄絆は正答でも誤答でもほとんど表情を変えない。

本庄絆の表情に気づいたのか、番組の司会者が「惜しかったですね」と聞いた。本庄絆は「中学校の修学旅行で現物の野島断層を見たことがあるんです」と答えた。「だから正解したかった」

「見終わりました」と僕は言う。

「どう思う？」と富塚さんが聞く。

「本庄絆があの速さで『野島断層』と答えることができた理由がわかりました」

「それだけ？」

「富塚さんが言いたいことはわかります」と僕は答える。

『Q－1グランプリ』の決勝で出された問題と、ほとんど同じ問題が『Qのすべて』で出題されていたのだ。そしてどちらの番組も、総合演出は坂田泰彦だ。『Q－1グランプリ』がヤラセだった証拠なのではないか——富塚さんはおそらく、そう考えている。

「やってたでしょ、これは」

そうですね、と答えたくなる気持ちを堪《こら》えて、僕は「まだわかりません」と言う。

「わからない？　ほとんど同じ問題が出題されているのに？」

「僕は本庄絆が出演した番組をかなり見てきました。そして、ほとんどの番組の総合演出は坂田泰彦です。ですが、『Q-1グランプリ』で出題された問題のうち、類似の問題が出題されていた例を見たのは今回が初めてです」

「でも、偶然にしちゃ、できすぎじゃないか？」

「どうでしょう」と言いながら、僕は自分が本庄絆の擁護をしようとしていることに気づく。どうしてそんなことをするのだ、ともう一人の僕が問いかける。あいつは不当に一千万円を奪った男だぞ。

「本庄絆を庇《かば》うのか？」

「そうではありません——」と答えながら、僕は、自分の目で改めて『Q-1グランプリ』を見ながら思い出したことを話そうとしている。「——ですが、僕だって、決勝の第一問で出題された『深夜の馬鹿力』は過去に作問したことがありました。第二問の『アンナ・カレーニナ』はオープン大会で何度か正答しています。本番では誤答してしまいましたが、バイトで『徽宗《きそう》』の問題を作ったこともあります」

「それとこれとは話が違くないか？」

「同じですよ――」と僕は言う。言いながら、何を言っているんだ、と心が叫ぶ。富塚さんは僕のことを守ろうとしてくれている。僕はその救いの手を撥《は》ねのけようとしている。「――クイズをしていれば、誰だってそういう経験をします。というか、クイズに正解するときはかならず、問われている問題と過去の自分の経験が重なります。そうでないと、僕たちはクイズに答えることはできません」

「それは極論じゃないか？」

「極論でしょうか？」

「経験が重なるにしたって、度合いってものがある」

「そもそもクイズに出題されるかどうかってだけの問題ではないんです。世界は知っていることと知らないことの二つで構成されています。知っているということは、これまでの自分の人生に関わっていたということです。『野島断層』だけでは何も断定できません。本庄絆の人生の一コマがクイズの問題として出題された、それだけです」

「なんだか難しい話をしているな」

「すみません」と僕は謝る。「ちょうど今、そんなことを考えていたんです」

「クイズとは何か、みたいな？」

「まあ、それに近いことです。僕は警察官ではないので、本庄絆と坂田泰彦がどんなメールを送り合っていたのか、どんな話し合いをしていたのか、調べる手段がありません。だから僕は、背理法を使ってヤラセを証明しようとしているんです。僕は『クイズに正解するとき、僕たちはどういう根拠を持っているか』、そんなことを考えていました。本庄絆のゼロ文字解答がどの根拠にも適さなければ、彼がヤラセをしたと証明できます」

「『クイズに正解するとはどういうことか』がわかれば、本庄絆がヤラセをしていたかどうかがわかる、と。お前の言いたいことがわかるような気もするが、俺は説得されたわけじゃない」と富塚さんは言った。「でも、そういうデカい話は嫌いじゃない」

「ありがとうございます」

「水島から『Qのすべて』で出題された全問題のリストをもらってるんだが、欲しいか？　膨大すぎて中身は俺も確認してないんだが」と富塚さんが言う。

「送ってください」と僕は反射的に答える。「本庄絆に関するものならなんでも欲しいです」

「本庄とは関係ないと思うけどな」

「それでも構いません」

最後に「俺は俺で、もう少し調べてみるよ」と言って、富塚さんは電話を切った。

電話を切ったあと、僕は「何やってるんだ」と大きめの独り言を口にした。

最初、本庄絆は敵だった。クイズを知らないテレビタレントで、不正な手段を使って『Q－1グランプリ』で優勝した。でも、そのイメージは変わりつつあった。本庄絆はクイズの勉強をしていた。実力は確かで、僕が気づかなかった確定ポイントに気づいていた可能性もあった。彼が不正な手段など用いなくても、僕が負けていた可能性だってある。

僕はしばらく何も手につかず、一時停止したモニターをじっと見ていた。「野島断層」と答えた本庄絆が、右手で小さくガッツポーズをしたまま静止していた。珍しく感情を露《あら》わにして喜んでいる。もちろん、その気持ちはよくわかる。以前に誤答したことのある問題に正解できたときは、普通のクイズに正解したときよりも嬉しい。自分が成長していること、自分の知識が確実に増えていることを実感できるからだ。

僕は止まった画面の中にいる本庄絆に問いかける。

なあ、お前はどうしてゼロ文字で押したんだ？　どうして正解することができたんだ？　あれはクイズだったのか？　それとも魔法だったのか？

本庄絆は表情を変えず、ガッツポーズをしたままカメラの右上あたりを見つめていた。

教えてくれないなら、自分で答えをつかみとるしかない。

僕は再生ボタンを押す。本庄絆が動きだす。

●

僕は自分が富塚さんに対して口にしたことを思い出す。

世界は知っていることと知らないことの二つで構成されている。

クイズに正解したからといって、答えに関する事象をすべて知っているわけではない。ガガーリンの「地球は青かった」という言葉を知っていたとしても、ガガーリンが見た地球の青さがわかるわけではない。

むしろクイズに正解することは、その先に自分がまだ知らない世界が広がっていることを知るということでもある。ガガーリンの言葉を知っているおかげで、僕たちは宇宙から見た地球の青さを想像することができる。

ちなみに、正確にはガガーリンは「地球は青かった」とは言っていない。彼は「空はとても暗かった一方で、地球は青みがかっていた」と言った。僕はクイズをしていたから、この言葉を知っている。僕はこっちの方が好きだ。僕たちが空だと思っているものが、実は太陽光の見せる幻にすぎず、それでもやはり地球は青いのだと教えてくれる。

僕は「深夜」という言葉を思い出す。

僕は深い海に沈んだ太陽だった。光が照らす部分を、僕は見ることができる。しかし、光は海底まで届かない。僕は海の中を漂うにつれ、自分の目に見える景色の小ささと、海の広さを知る。見ることのできなかった暗闇の深さを知る――そんなことを考える。

観客席はいまだにざわついている。本庄絆の押しが異様に早かったからだろう。その雰囲気を感じとったMCが「会場でも驚きの声が上がっていましたが、どうしてそんなに早くわかったんですか？」と聞く。

「淡路島で、自分の目で野島断層を見たことがあるからです」と本庄絆が答える。「阪神・淡路大震災は僕が生まれる前の出来事ですが、母方の祖父が亡くなっています。僕にとって、このクイズは絶対に落としてはいけない問題だったんです」

僕は隣で忙《せわ》しなく視線を動かしている。「野島断層」の問題で本庄絆に押し勝てた可能性について考えていたはずだ。僕は「無理だ」と気づき、自分の右手を見る。さっきの問題が確定していたかどうかはわからないが、どちらにせよ太刀打ちできなかった。切り替えて次の問題を取ろう——そんなことを考えている。

本庄絆が自分から家族の話をするのは珍しい。僕は弟の本庄裕翔くんの話を思い出して、阪神・淡路大震災の話から東日本大震災の話を連想した。本庄絆は東日本大震災のとき、山形県にいた。いじめに遭って不登校で、自室に籠もっていた。震災を機に、本庄絆は再び登校するようになる。自分の部屋という小さな世界から、より広い世界へ出た。

「三島さん、ついに追いつかれてしまいました」

MCが今度は僕に話を振る。僕は何を口にすればいいかわからず、しばらく言葉を探してから「集中して次の問題を取ります」と言う。

ステージ上の僕は、ただひたすら本庄絆の押しの早さに驚いている。早すぎて答えが確定していたのかどうかもわからずにいる。そのときの僕は『Qのすべて』で本庄絆が同じ問題を出題されていたという事実を知らない。

「三島が意地を見せるか、それとも本庄が逆転するか。次の問題へ行きましょう」

MCがそう口にする。

「**問題——**」

僕はまだ、完全に切り替えられていないし、会場もまだ完全に静かになっているわけではない。僕は真っ白な頭のまま、問い読みの声を上の空で聞いている。

「モンスターたちの住む地底世界を舞台に、地上へ帰る『ニンゲン』の子どもとなって冒険をする、トビー・フォ――」

あまり褒められた押しではなかったが、僕の解答ランプが光った。

「地底世界」という言葉が聞こえてからずっと、とあるゲームのことを考えていた。桐崎さんがリビングでずっとやっていたゲームだ。僕は彼女から、そのゲームのことをよく聞いていた。トビー・フォックスという天才が、ほとんどすべてをたった一人で作りあげたゲームであること。分岐するストーリーのことや、素晴らしい音楽のこと。自信がなくて、「トビー・フォックス」が聞こえるのを待ってから押した。それでも押し勝った。本庄絆はもっと自信がなかったらしい。

「『Undertale』」と僕は答える。

自信はあったが、あまり大きい声ではない。その瞬間、本庄絆が一瞬だけ「しまった」という表情をする。

ピンポン、という正解の音が鳴る。観覧席から安堵《あんど》のため息が漏れる。問題がスルーになりかけていたからだった。

5—4。再び僕がリードする。

「Q. モンスターたちの住む地底世界を舞台に、地上へ帰る『ニンゲン』の子どもとなって冒険をする、トビー・フォックスが開発し、日本でも大ヒットしたインディーゲームは何でしょう? A.『Undertale』」

●

「東京に戻ってきたら、ちょっと話があるんだけど」と桐崎さんは言っていた。僕はそのLINEを京都のビジネスホテルで見た。高校生にクイズのネタにされたあと、シンポジウムに出張し、クイズ大会で優勝してから日曜日に東京へ戻った。

永福町の自宅で、桐崎さんから「同棲《どうせい》を解消したい」と言われた。まったく想像していなかった。

僕はすぐに理由を聞いた。

「これ以上一緒に生活していると、キャパくんのことが嫌いになっちゃいそうで」

僕は納得できず、「どうして嫌いになっちゃいそうなの?」と理由の理由を聞いた。

「最近あんまり眠れなくて」

桐崎さんはそう言った。僕が京都出張で家を空けた日の夜、桐崎さんはずいぶん久しぶりにぐっすり眠れたという。

「別々のベッドで寝るとか、そういうのじゃダメなの？」

「たぶんダメだと思う」

こうして桐崎さんが実家に帰った。僕には止める手段がなかった。「家賃は払い続ける」と彼女は言っていたが、僕が受け取りを拒否した。

一ヶ月に一度くらい、休日に彼女と会った。買い物をして、晩御飯を食べ、午後八時には解散した。僕は「泊まっていきなよ」と誘ったが、彼女は嫌がった。

そうやって半年くらい別々の家で過ごしてから、僕たちは別れた。

桐崎さんは「私が根本的に、同棲に向いてなかった」と言った。「自宅に誰か他の人がいるってだけで、ストレスを感じちゃうみたい。全部私が悪いから、気にしないで」

僕は気にした。ずっと落ちこんでいた。出場するはずだったオープン大会を体調不良でキャンセルした。未練がましくも、僕は桐崎さんに何度か「会って話し合おう」とLINEを送った。彼女からは「ごめん」としか返ってこなかった。

月並みな言葉だが、心に大きな穴が開いたようだった。僕は自分がどうするべきだったのか、毎晩考え続けていた。同棲を提案したのは僕だった。一緒に生活することに及び腰だった桐崎さんを説得したのも僕だった。僕たちはまだ同棲する必要はなかった。ただでさえ新しい生活が始まって、いろんなものごとが大きく変わっていく中で、二人の関係性に変化を加える必要はなかった。桐崎さんはずっとストレスを溜《た》めていて、そのストレスを言葉にすることもできず、眠れぬ夜を過ごしていたに違いない。同棲しなければ、僕たちは別れる必要なんてなかった。人生というクイズの中で、僕は誤答をした。その結果、誤答罰を受けることになった。

大会を休んだ僕を心配して、クイ研で同期だった鹿島《かしま》が連絡をくれた。僕は桐崎さんとの間に起こったことを説明した。鹿島は「クイズをしよう」と言った。僕は「今はそんな気分じゃない」と答えた。

鹿島は僕の名前を勝手に使って、小さな大会にエントリーをした。アニメ、ゲーム、音楽のジャンルからしか出題されないオンライン大会だった。一緒にゲームをするという名目で通話グループに入れられた僕は、今から大会が始まるということを知った。「聞いてない」と言って通話から抜けようとした僕を鹿島が引き留めた。「押してるうちに、きっと楽しくなるよ」と鹿島は言った。

僕は渋々参加することにしたが、アニメ、漫画、ゲーム、音楽といったジャンルはそれほど得意ではない。桐崎さんがそれらに詳しかったことを思い出して、僕はますます落ちこんだ。

第一ステージの早押し問題が十問出題された時点で、僕は一度もボタンを押せていなかった。やる気がなかったわけではない。「完全に集中していたか」と聞かれれば「はい」とは答えられなかったけれど、いざクイズが始まってしまうと僕は勝つ気になっていた。ただ単に、鹿島を含め、他の参加者の押しが早すぎてついていけなかった。

僕が初めてボタンを押したのは十一問目だった。

「アメリカの北東部にある架空の観光地を舞台に、タイトルにもなってい――」で僕は押した。そこまで自信があったわけではないが、最初の十問で、自信がついてから押しているようではこの試合に勝つことはできない、と理解した。

僕は「**『サイレントヒル』**」と答えた。

ピンポン、という正解の音がして、問題の全文が表示された。

「Q．アメリカの北東部にある架空の観光地を舞台に、タイトルにもなっているゴーストタウンの『表世界』と『裏世界』を行き来することで進行していく、コナミから

発売された人気ホラーゲームは何でしょう？　A.『サイレントヒル』（またはサイレントヒルシリーズ）」

ずいぶん久しぶりに、クイズに正解した。桐崎さんと別れてから、初めての正解だった。

僕は心の奥底に、とても懐かしい感情が湧いているような気がしていた。『サイレントヒル』は昔夢中になってクリアしたゲームだった。僕はあまりゲームをやらないが、サイレントヒルシリーズは好きだった。

ぼんやりと、昔のことを思い出す。中学入試の勉強そっちのけで、兄から借りた『サイレントヒル4』を深夜にこっそりプレイしたこと。あまりの怖さに悲鳴をあげ、寝室の父を起こしてしまったこと。こっぴどく怒られてプレステ2を没収されたこと。没収されたプレステ2をこっそり持ちだして、翌日もプレイしたこと。

十四問目で僕は二回目のボタンを押した。

「**武田あ——**」と聞こえた瞬間だった。

普通のクイズ大会で押すような箇所ではない。だが、この大会はアニメ、漫画、ゲーム、音楽にジャンルが限定されていたし、音楽のジャンルもアニメやゲームに関する問題ばかりだった。僕は「『響け！ユーフォニアム』」と答えた。自信があった。

ピンポン、という音が鳴った。他の参加者たちが「早っ」と口にした。

「Q．武田綾乃《あやの》の同名小説が原作となっている、京都府宇治《うじ》市を舞台に、吹奏楽部の高校生たちが全国大会を目指して奮闘するアニメは何でしょう？　A．『響け！ユーフォニアム』」

鹿島が「お前、アニメもいけんの？」と聞いてきた。僕は「たまたま見てたから」と答えた。同棲していたときに、『響け！ユーフォニアム』のアニメを桐崎さんと一緒に見た。だから僕は答えることができた。

桐崎さんのことを思い出して、僕は大会中にもかかわらず泣きそうになっていた。泣きそうになりながら、僕の頭の中で「ピンポン」という正解音が鳴り続けていた。

僕の様子がおかしいことに気づいた鹿島が、大会を中断して「大丈夫か？」と聞いてきた。僕は涙声になりながら「大丈夫」と答えた。自分でも大丈夫なのかどうかわからなかったが、大会は続いた。僕はその後も何問か正解して、でもわずかにポイントが足らず、第一ステージで敗退した。

大会が終わったあとも、『響け！ユーフォニアム』と答えたあとの「ピンポン」という音が耳から離れなかった。

一人でしばらく泣いてから、自分がまたクイズをしたくなっていることに気づいた。「ピンポン」という音は、クイズに正解したことを示すだけの音ではない。解答者を「君は正しい」と肯定してくれる音でもある。

僕が桐崎さんと出会っていなかったら、彼女と同棲をしていなかったら、僕は『響け！ユーフォニアム』の問題に正解することはできなかった。

君は大事なものを失ったかもしれない。でも、何かを失うことで、別の何かを得ることもある。君は正解なんだ――クイズが、そう言ってくれているみたいだった。

僕は翌週からクイズ大会に復帰した。それまで以上にクイズに対して真剣に取り組んだ。僕にとってクイズをすることの一番の魅力は、クイズが僕の人生を肯定してくれることにあった。どんな人生であれ、それが間違いではなかったと背中を押してくれることにあった。

僕は思い出す。『深夜の馬鹿力』のことを。『アンナ・カレーニナ』のことを。『三日月宗近』を、『OTPP』を。そして、これまで正解したすべてのクイズを。

クイズに正解するということは、その正解と何らかの形で関わってきたことの証《あかし》だ。僕たちはクイズという競技を通じて、お互いの証を見せあっている――そんなことを考える。

「野島断層」という本庄絆の早押しに動揺していた僕に冷静さを与えてくれたのは、

「ピンポン」という正解音だった。

僕たちはいつもクイズを出題され続けている。競技クイズをしている必要はない。クイズは世界のどこにでも存在している。

傷つき、悩みを抱えた友人に、どんな言葉をかければいいだろうか？　上司から与えられた理不尽な要求に、どう応じればいいだろうか？　我慢して今の仕事を続けるべきか、それとも思いきって転職するべきか？　評判はいいが高価な冷蔵庫と、評判はそれほどよくないが安価な冷蔵庫の、どちらを買えばいいだろうか？　画面の割れたローンの残るスマホを機種変更すべきか、金を払って修理すべきか、このまま我慢すべきか？　仕事で疲れきった日、奮発していつもより高いご飯を食べるか、コンビニ弁当ですませるか？　夜更かしして先が気になる海外ドラマの次の回を見るか、おとなしく眠りにつくか？

どんな答えを出すかは人それぞれだが、なんにせよ僕たちはボタンを押す。過去の経験を思い出したり、誰かの知恵を借りたりしながら答えを出す。

競技クイズと異なるのは、この世界で僕たちが出題されるクイズのほとんどには答えが用意されていない点にある。僕たちは答えを口にする。決断を下し、行動をする。そして、自分の答えが正解だったのかわからないまま生きていくことになる。僕たちはしばしば後悔をする。自分の選択が間違いだったのではないかと不安になる。あのとき、こっちの答えを選んでいれば、もしかしたら――僕たちは選ぶことのなかった答えのことを考える。

世の中のほとんどのクイズには答えがない。むしろ、答えがある一部の問題だけを切りだしたものが、僕たちがやっているクイズという競技なのかもしれない。

桐崎さんと別れてから、「こんな思いをするなら彼女と出会わなければよかった」なんて、Jポップの歌詞みたいなことを考えていた時期もあった。でも、彼女と過ごしていたおかげでいくつもの問題に正解することができて、そのおかげで僕は前向きになれた。僕はクイズプレイヤーとしてはまずまずだと思うが、人間としてはとても未熟だ。多くの間違いをしてきたと思う。でも、クイズをしていたおかげでまた立ちあがることができた。

「三島さん、再びリードしました」とMCが僕に言う。僕は「はい」とうなずく。

「あと二問で一千万円ですね」とMCが続ける。

「はい」と僕はふたたびうなずく。「頑張ります」

相変わらず面白みのない答えだったが、決勝戦の緊迫した雰囲気が伝わってきて、これはこれで悪くない気がする。

「本庄さんもボタンを押していましたが」

MCが今度は本庄絆に話を振る。

「私の方が遅かったです。情報の検索に時間がかかってしまいました」

「データベースが膨大だからですか？」とMCが聞く。

「いえ、検索が下手だっただけです」と本庄絆が答える。

画面の前の僕は、クイズに正解するときには、どんな根拠があるのだろう、と考えている。決勝戦の映像を眺めながら、自分なりに考えたことをまとめている。

クイズの問題集で解いたことがある。作問したことがある。別のクイズ大会で出題されたことがある。教科書で読んだことがある。新聞やネットニュースで読んだことがある。テレビで見たことがある。実際に行ったことがある。他人から教えてもらったことがある。

すべてに共通しているのは、どれも自分の人生の一部だということだ。問題集で解いたことのあるクイズに正解したとき、僕は自分がその問題集を解いたときのことを思い出す。自分で類似の問題を作ったことがあるとき、なんのため、どんな理由で作問したのかを思い出す。もちろん、どこで覚えたのかわからないこともある。でも、どこかで覚えたことに違いはない。その正解は、何らかの形で僕の人生に関わっていたのだ。

そんなことを考える間にも番組は進行していて、気がつくと第十二問が出題されようとしている。

「**問題――**」という声で、画面の前の僕は我に返る。たしか次の問題は……。

「**ストゥリクス・ウラレンシスという学名を持ち、『森の番人』のイメージか――**」

ボタンを押したのは本庄絆だ。僕は押そうと思って右腕に力を入れていたが、直前で指を離した。ステージ上の僕は答えがわかっていないが、「森の番人」という言葉からオランウータンを思い浮かべていた。「オランウータン」という言葉は、たしかマレー語か何かで「森の人」を意味するはずだった。だが、それなら問題文の冒頭にその話が来るはずで、学名から入るのは違和感がある。そんなことを漠然と考えている。

もちろん、僕は動物や植物の学名は覚えていない。クイズの知識しか知らない。学名の仕組みを確立したのがスウェーデンの博物学者リンネであることや、トキの学名が「ニッポニア・ニッポン」で、シーボルトが日本からオランダへ送ったトキの標本に由来することなどは知っているが、「ストゥリクス・ウラレンシス」という言葉は聞いたこともない。

画面上の本庄絆は目を瞑ったまま硬直していた。会場は静まり返ったまま、彼が何を口にするか待っていた。解答時間がいっぱいになり、MCが「どうぞ」と言う。

本庄絆が小さな声で「**オランウータン**」と答える。明らかに自信がなさそうだ。

ブー、という不正解の音が聞こえる。

得点は5―4のままだ。本庄絆は得点だけでなく、誤答罰でも追いこまれた。彼はこれで二回目の誤答で、三回誤答をすれば失格になる。本庄絆は勝つために積極的に押さないといけないが、不正解は許されなくなった。

「Q．ストゥリクス・ウラレンシスという学名を持ち、『森の番人』のイメージから、千葉駅前交番のモチーフにもなっている生き物は何でしょう？　A．フクロウ」

●

Xに DM《ダイレクトメッセージ》が届いている。僕はすぐに確認する。本庄絆の新しい映像が手に入ったのかもしれない。

DMを開く。送り主は知らないアカウントで、「三島さんのファンです」と書いてある。「三島さんの、『努力をすれば夢は叶《かな》う』という言葉と、最後まで諦めない姿勢に感動しました。ファンレターを送りたいのですが、どこに送付すればいいでしょうか」

僕はため息を吐《つ》きながらXを閉じる。記憶の限り、僕は「努力をすれば夢は叶う」なんて言葉を口にしたことも文字にして残したこともない。どちらかといえば嫌いな言葉だ。

『Q−1グランプリ』に出演してから、こういったDMが急に増えた。七百人程度だったフォロワーも、気づけば一万人を超えている。

『Q−1グランプリ』の他の出演者たちと違い、僕は番組に対する異議の申し立てや、本庄絆の不自然な早押しに対する疑問などをSNSには書かなかった。書かなかったのは、まだ一千万円がもらえる可能性があるかもしれないと考えていたからだ。番組側と無闇《むやみ》に対立したくなかったし、目の前で優勝を奪われた健気《けなげ》な準優勝者という立場にいればメリットがあるだろうという欲目もあった。

意外だったのは、その態度を気に入った本庄絆のファンが多かったことだ。彼らの一部が僕のフォロワーになっていた。本庄絆と僕がお互いを認めあったライバルだとみなしている人や、本庄絆と僕の間に深い友情が結ばれているという妄想を垂れ流している人もいた。「野島断層」と答えた本庄絆を見つめながら呆気にとられた僕の顔の画像に「絆くんの美しい早押しに見惚《みと》れる玲央くん」という文章が添えられていたり、「迦陵頻伽」の答えを本庄絆が思い出せないようにプレッシャーをかけている画像に「絆くんに想いを寄せる玲央くん」という文章が添えられていたりした。

ネット上での僕は、いつの間にか「小さいころからクイズのために生きてきて、そのための努力を惜しまなかったキャラクター」になっていた——口下手で、女の子ともまともに話せず、そのぶんクイズに対する熱意だけは誰にも負けていない。口癖は「努力をすれば夢は叶う」だそうだ。彼らの中で、僕は凡庸な人間でも努力で戦えるのだと証明しようとしている。『Q－1グランプリ』の決勝で本庄絆という本物の天才と出会い、最終問題では伝説の「ゼロ文字押し」をされて敗北してしまうが、本庄絆の早押しに感動し、彼の優勝を心から祝っている。

すべてが妄想だ。『Q－1グランプリ』で、僕がMCの質問にうまくコメントできなかったことは認めるが、それは僕が芸能人ではないからだ。収録中にアシスタントの女優のことをあまり見ていなかったのは女性が苦手だからではなくて、勝つためにその余裕がなかったからだ。僕は努力をしても叶わない夢がこの世にたくさんあることを知っている、常識的な人間の一人だ。本番中、途中までは本庄絆のことをグーグル検索窓の劣化版だと思っていたし、最終問題の早押しはヤラセだと思っていた。もちろん彼の優勝を祝う気持ちなどなかった。どうやったら自分が一千万円をもらえるのか、そんなことも考えていた。

僕には耐えられそうになかった。テレビで僕のことを少し見ただけで、どうしてそんなに決めつけるのだろう。画面越しに伝わる情報で、僕の何がわかるというのだろう。

僕は「三島玲央のファン」を名乗る人々の妄想を見て、気分が悪くなった。見知っただけのわずかな情報で偶像を作り、その偶像を崇《あが》める。僕はほんの少しテレビに出ただけでこんなことになった。本庄絆はずっと、こういった決めつけや妄想の押しつけに耐えてきたというのだろうか。

僕はXを閉じて、一時停止していた画面を見る。本庄絆が誤答したクイズの全文が映っている。

「Q．ストゥリクス・ウラレンシスという学名を持ち、『森の番人』のイメージから、千葉駅前交番のモチーフにもなっている生き物は何でしょう？　A．フクロウ」

僕はそこで初めて、このクイズが千葉駅のフクロウ交番に関する問題であったことに気づく。妙なクイズだった。

フクロウ交番は千葉駅東口の目の前にある。たしか、一度だけ中に入ったことがある。中学生のときに千葉駅で財布を拾い、友人と届けにいった。書類に自分の住所や連絡先を記入してから交番を出た。それなりの額の現金が入っていたような気もするが、詳しいことは覚えていない。僕が財布を拾ったとき、一緒にいた佐藤くんという友人が即座に「交番に行こう」と言い、ネコババする可能性を検討していた自分が情けなくなったことだけ覚えている。財布の持ち主が見つかったのかどうか、お礼などを受けとったのかどうか、そんなことも覚えていない（ちなみに池袋にもフクロウの交番があって、クイズとして出されたこともある）。

問題文の途中で本庄絆が押してしまったせいで、本番中の僕はまったく気づいていないが、この問題は千葉市の出身者にとってかなり有利なクイズだった。千葉駅の近くに住んでいれば、ほとんどの人はフクロウ交番のことを知っているだろう。

お互いさまだったのだ、と僕は気がつく。

本庄絆がゼロ文字で押した「ママ・クリーニング小野寺よ」の問題は、おそらく一部の地域の出身者にしか答えられない問題だった。それと同様に、千葉市出身の僕だけが答えられる問題も用意されていた。

本庄絆がどうして「ママ・クリーニング小野寺よ」と答えられたのかは依然として不明だ。だが、少なくとも『Q－1グランプリ』は平等に、僕が有利な問題も出題していた。

僕は仮説を立てる——坂田泰彦は、僕たちが答えられる問題を用意していたのではないか。『深夜の馬鹿力』や『アンナ・カレーニナ』もそうだ。それらはかつて僕が作問したクイズであり、大会で正答したことがあるクイズだ。クイズプレイヤーとしての僕について少しでも調べれば、僕が以前にこれらの問題に関わったことがあるとわかるはずだ。もちろんすべての問題ではないかもしれない。だが、全体の何割かはそういう風にして作られたのではないか。

●

二つ目の誤答をしても、本庄絆は表情を変えなかった。

僕は胸を撫で下ろしている。僕も「オランウータン」の可能性を考えていたからだ。もし焦って本庄より先に押していれば、誤答をしていたのは僕の方だった。僕もほとんどボタンに手をかけていた。ほんのわずかな差で、僕はボタンを押すのを我慢した。

「本庄さん、もう後には引けなくなりました」とMCが言う。

「ええ」と本庄絆がうなずく。「ですが、押し方は変えません。リスクを負わなければ、この戦いには勝てないので」

「それほど三島さんが強力だということですか?」

「はい」と本庄絆が答える。「普通に戦って勝てる相手ではありません」

画面の前の僕は、その言葉を聞いて、番組冒頭の本庄絆の言葉を思い出す。

「今、必死に探してます」

本庄絆はそう言っていた。「何を探しているんですか?」とMCに聞かれ、「私が負ける可能性です」と答えていた。「普通に戦って勝てる相手ではありません」という言葉とは矛盾する表現だ。

彼は追いこまれて本音を口にしたのだろうか。それとも、番組を盛り上げるためのリップサービスだったのだろうか。

「『Q－1グランプリ』決勝も、いよいよ終盤です。それでは十三問目に行きましょう」

MCが合図をする。

「問題――」という声を聞きながら、僕は本庄絆が次の問題で誤答をして失格になることを願っている。彼からあと二問も正解を奪わなければならないと考えただけで、気が遠くなりそうだった。

「イベント――」

パァン、という音がする。本庄絆が押している。インチキみたいに早い押しだ。僕はまだ押そうとすら思っていなかったが、問い読みのアナウンサーの口の形を見てピンと来てしまう。「イベント」の次の文字は「お段」で、おそらく「こ」か「ほ」だ。

問題文が「イベント」から始まるクイズはあまりないと思う。文字通りの「イベント」の意味ならば、「行事」と言うことが多い。

「イベント〇〇」という、ひとまとまりの言葉の可能性を考える。イベント会社、イベントサークル、イベントスタッフ。イベントの次が「こ」なら、たとえば「イベントコンパニオン」などがありうるのだろうか。しかし、あまりクイズに適した言葉ではない。

ならば「ほ」だ。そして「ほ」なら、間違いなく「イベントホライズン」だ。

僕は答えがわかってしまう。必死に答えを探す本庄絆の横顔を見ながら、気づくな、気づくな、気づくな、と強く念じている。問い読みの口の形に気づくな。間違えろ。間違えて失格になれ。

「事象の地平面」と本庄絆が答える。自信のある大きな声で。

ピンポン、と正解音が鳴る。

観覧席はその日一番の盛り上がりを見せる。いつまでも驚きの拍手が止まらない。スタジオの観覧者もテレビの前の視聴者も、本庄絆が「イベント」と聞いただけで「事象の地平面」と答えたのだと思ったのだろう。たったそれだけの情報で答えにたどり着く本庄絆の超人性に驚いたのだろう。

でも、ステージ上にいた僕は、問い読みの口の形が「こ」か「ほ」だったことを目撃している。僕は別の点で驚いている。本庄絆は問い読みの口の形まで見ていた。

これで5—5。本庄絆が粘る。

「Q.『イベントホライズン』という別名を持つ、無限の未来まで行っても原理的に見ることのできない、情報伝達の境界のことを日本語で何というでしょう? A.『事象の地平面』(または『事象の地平線』、『シュヴァルツシルト面』)」

●

僕は富塚さんから送られてきたファイルを開く。『Qのすべて』で出題されたすべての問題のリストだった。

個々の問題を見る前に、わかったことがある。放送されていないクイズが大量にあったのだ。スルーされた問題、誤答だった問題、そしておそらく答えが出るまで時間がかかった問題。答えは出たけれど、正解コメントが面白くなかった問題。『Qのすべて』で総合演出をしていた坂田泰彦は容赦なく編集をしている。予選を突破したのに、正解シーンが一問しか放送されていない出演者もいたようだ。本庄絆はそういう環境で揉まれてきた。だからこそ、「番組で自分の出演シーンを使ってもらう」能力が鍛えられたのかもしれない。彼のコメント力は『Qのすべて』で培われたものだ。

それにしても、カットされていた問題の量は想定外だった。『Qのすべて』を見ていて、ダイジェストや字幕で展開のフォローをしている場面が多いことは知っていたが、これだけカットされているとは思わなかった。僕も何回かクイズ番組に出ているけれど、ここまでカットしながら、ポイント制のクイズレースを番組として成立させていたことに驚く。

『Qのすべて』は難問や奇問が多かった。そのぶん超人的な正解も目立っていたが、どうしてもスルーの問題が増えてしまう。坂田泰彦は番組では使わないシーンが大量に出てしまうことを念頭に入れて大量の問題を用意していたのだろう。

僕はクイ研後輩の山田の話を思い出した。別番組だったが、山田も坂田泰彦の番組に出演していた。山田は「ノーベル文学賞に関する問題が出るかもしれません」と前日に聞いていた。本庄絆は一晩で受賞者を全員暗記してきた。まさしくスーパープレイで、視聴者も感心するだろう。坂田泰彦と本庄絆は、そうやってクイズ番組を成立させてきた。

僕は考える——どうして坂田泰彦は生放送でクイズ番組をやろうと考えたのだろうか。

「スポーツだから」というのが、テレビ雑誌のインタビューにおける坂田泰彦の答えだった。クイズをスポーツだと考えるなら、たしかに生放送でしか伝えられない臨場感や感動もあるだろう。だが、それまでの坂田泰彦の演出の方向性とは矛盾している。彼は「面白いシーン」の寄せ集めで番組を作ってきた。そのために大量のボツを作りながらも、妥協せずに演出してきた。

坂田泰彦の気持ちになってみる。

クイズ番組の生放送で、もっとも避けるべきなのはどういう事態だろうか。問題が読まれるが、誰も答えがわからずスルーする。それが何問も続けば、ほとんど放送事故だ。

『Qのすべて』では、スルーだった問題は編集でカットされていた。出演者による誤答も、面白い誤答でなければカットされていた。だが、生放送ではカットという技術が使えない。だからスルーされるような問題を作ってはいけないし、なるべく誤答の数も減らさないといけない。かといって、簡単な問題ばかり出すわけにもいかない。簡単な問題からは「超人的な解答」は生まれない。

だから僕自身が問われたのではないか。

僕は勝手に納得する——生放送のクイズ番組を成立させるために、坂田泰彦は考えた。問題がスルーされず、誤答もなるべく減らし、しかしそれでも、視聴者が驚くような早押しをさせるためにはどうすればいいか。

だから坂田泰彦は出演者たちの人生を調べた。出演者の人生に関わりのある問題や、彼らがこれまで解いてきた問題を多めに出そうと考えた。

僕は決勝の舞台で、自分がいまだかつてないほどにクイズを楽しんでいたことを思い出す。

僕はどうしてクイズを楽しんでいたのか。それはきっと、クイズに正解することが、そのまま僕の人生を肯定することにつながっていたからだ。その二つが密接に、そして深い部分でつながっていたのは、生放送でクイズをするという状況で、番組を盛り上げるために坂田泰彦が選んだ戦略のせいだったのではないか。

もちろん、クイズとは必然的に参加者の人生についての競技だ。

でもそれだけじゃない。番組側は生放送という特殊な形式から、「参加者の人生」という側面を強調していた。僕たちは文字通り、お互いの人生について問われていたのではないか——僕はそんなことを考える。

●

「追いつきましたよ、本庄さん」とMCが言う。

「ええ」と本庄絆がうなずく。「追いつきました」

「追いつかれましたよ、三島さん」

僕も「ええ」とうなずく。うなずいたまま何も口にしない。「追いつかれました」と口にすればいいのに。映像を見ながらそんなことを考える。

僕は深呼吸して両肩をぐるぐる回す。本庄絆はもう誤答が許されないというのに、ほとんどギャンブルで押している。そのギャンブルに、僕は少しだけプレッシャーを感じている。

5―5。三つで失格になる誤答は僕が一つで、本庄絆が二つ。

僕には次の問題でギャンブルをする権利がある。五分五分だったら押していい。誤答だったとしても同じ条件になるだけだし、正答だったら本庄絆を追いこむことができる。次の問題で何より重要なのは、本庄絆より先に押すということだ。五分五分まで絞れた瞬間に押す。本庄絆がそれより前に押せば、彼は誤答罰で失格になる。そういう押しをする。

「どちらが優勝にリーチをかけるのか」とMCが言う。

「**問題**――」と聞こえる。僕は問い読みのアナウンサーの顔を見つめる。口が開く瞬間を逃さないようにする。

「こうて——」と聞こえた瞬間、視界の右端で本庄絆の腕に力が入ったような気がした。僕は無我夢中でボタンを押した。その時点ではどんな問題か、想像もついていない。僕はただ、本庄絆より先に押そうとしただけだった。

パァン、と音が鳴る。どっちだ、と僕は解答ランプを見る。僕のランプが点いている。本庄絆が意外そうな表情をしている。彼もボタンを押していた。僕に先を越されたことに驚いたのだろう。僕も驚いている。こんな風にボタンを押すことはほとんどない。

少し遅れて、脳が問い読みの声を処理する。僕は「こうて——」で押していたが、問い読みは「こうていと」と口にしていた。そして、「こうてい」と「と」の間にわずかな空白があった。問題は「こうてい、と」という文章になっている。問い読みのアナウンサー最後に、僕は自分の目と耳が得た情報をそこに付け加える。問い読みのアナウンサーの口の形を。彼の口からこぼれた微かな吐息を。

僕は「そ」だ、と考える。彼は最後に「そ」と言おうとしていたはずだ。

つまり、僕が得た情報は「こうてい、とそ」だ。

僕は必死に頭を回転させる。「こうてい」はどういう漢字だろうか。「肯定」「校庭」「工程」。それらの言葉に「とそ」が続くか考える。

時間がなくなっていくのがわかる。ディレクターが指で「三、二、一」とカウントダウンする。それを見たMCが「答えをどうぞ」と言う。

僕は焦る。あまりにも焦って、口が勝手に「シンボリルドルフ」と答える。その時点で僕は、自分がどうして「シンボリルドルフ」と口にしたのかよくわかっていない。僕の無意識が、考えうる選択肢の中でもっとも正解の見込みの高い答えが「シンボリルドルフ」である、と勝手に判断している。

正誤判定までの時間が、何分にも感じられる。会場は静まり返っている。

僕は「そ」ではなく「しょ」だ、と気づく——正確には、「そ」ではなく「しょ」だ、と気づいていたことに気づく。僕の無意識がそのことに気づいていた。「こうてい、とそ」ではなく、「こうてい、としょ」だったのだ。つまり、このクイズは「校庭」でも「肯定」でも「工程」でもなく、「皇帝」だ。

問題文は『皇帝』と称される——」というように続くはずだ。だから僕は「シンボリルドルフ」と答えたのだ。

そのとき、「ピンポン」と正解音が鳴る。僕はガッツポーズをする。ガッツポーズをしていたことも無意識だった。僕は完全にクイズに集中していて、自分の所作に気を配る余裕を失っている。

会場から「おお」という驚きの声が漏れる。僕自身も驚いている。自分でも、どうやって正解したのかわからずにいる。まるで、自分が魔法使いになったような気分だった。

6―5。僕は優勝にリーチをかける。

「Q．『皇帝』と称されることもある、日本競馬史上初の七冠を達成した競走馬の名前は何でしょう？　A．シンボリルドルフ」

●

僕は自分がどうして「シンボリルドルフ」と答えたのか、その理由を考える。ステージ上で無意識のうちに考えたことを言語化しようと試みる。

まったくもって合理的な解答ではない。問題は確定していないし、五分五分にも至っていない。「こうてい、としょ」という問題文に確信があったとしても、そこから「シンボリルドルフ」を導きだすのは困難だ。だからこそ、ステージ上の僕は自分が魔法使いになったのではないかと感じている。

そもそも「『皇帝』と称される」人物は数多くいる。ぱっと思いつく限りでもフランツ・ベッケンバウアー、ミハエル・シューマッハ、エメリヤーエンコ・ヒョードルなど。

僕が真っ先に「シンボリルドルフ」を連想したのは、昨年競馬番組に依頼されて競走馬のクイズを十問作ったからだった。そのとき僕は「シンボリルドルフ」の問題も作っていた。

そこで僕は気づく。この問題もやはり、僕の人生に関わりのある問題だった。

僕は机の上にノートを出して、『Q-1グランプリ』決勝戦で出題されたすべての問題の答えを書いていく。そのうち、僕がクイズプレイヤーとして、あるいは個人的に関わっていた問題のうち、坂田泰彦の調べ得る範囲のものに線を引き、実際に僕が正解できた問題に◎をつけていく。

◎一問目「『深夜の馬鹿力』」

◎二問目「『アンナ・カレーニナ』」

三問目「ウィリアム・ローレンス・ブラッグ」

四問目「日和山」(誤答「天保山」)

◎五問目「三日月宗近」
六問目「徽宗」（誤答「黒田清輝」）
七問目「『サイエンス』」
◎八問目「ＯＴＰＰ」
九問目「チャルディラーンの戦い」
十問目「野島断層」
◎十一問目「『Undertale』」
十二問目「フクロウ」（誤答「オランウータン」）
十三問目「事象の地平面」
◎十四問目「シンボリルドルフ」
十五問目「迦陵頻伽」
十六問目「ママ．クリーニング小野寺よ」

七問先取で勝負を決めるルールで、僕のために用意された問題がちょうど七問ある。
僕は本庄絆のことを考える。たとえば「ウィリアム・ローレンス・ブラッグ」はノーベル賞の受賞者をすべて暗記した本庄絆のための問題だ。「『サイエンス』」の問題についても、本庄絆は「高校生のころから読んでいます」と答えていた。「野島断層」は『Qのすべて』で出題された問題だったし、「ママ．クリーニング小野寺よ」は山形県に住んでいたことのある彼のための問題だった。僕が知らないだけで、本庄絆に関係するクイズも同じだけ出題されていたのではないか。

本庄絆はきっと、この問題傾向に気づいていたのだろう。いつ気づいたのかはわからない。最終問題の直前かもしれないし、決勝戦の序盤に気づいたのかもしれない。どちらにせよ、彼は坂田泰彦という男のことをよく知っている。坂田泰彦がなんの勝算もなく、生放送でクイズ番組をやることなどないと知っている。彼が途中からやや無謀な押しを繰り返していたのも、自分か対戦相手に関わりのあるクイズが出題される、という確信があったからなのではないか。

もちろん、それでも彼が最終問題をゼロ文字で押すことができた理由はまだわからない。わからないが、答えに近づきつつある気がする。

かつて本庄絆は「しゃ――」と聞こえただけで『『終わりよければすべてよし』』と答えた。クイズそのものというよりも、クイズが出された状況や文脈を読んだ解答だった。彼はそういう早押しを得意としている。最終問題に「ママ．クリーニング小野寺よ」が出題されるという自信があったのかもしれない。

僕は『Qのすべて』の全問題リストを眺める。もし本庄絆が『Q－1グランプリ』の問題傾向を読んでいたのだとすれば、彼はかつて「ママ・クリーニング小野寺よ」の問題を作成していたか、出題されていたはずだ。本庄絆が作問の仕事をしていたという話は聞いていないから、このリストの中に「ママ・クリーニング小野寺よ」の問題が含まれている可能性もある。

長いCMが明けて、流しっぱなしにしていた『Q－1グランプリ』が再開する。画面には目を瞑った僕の顔が映っている。僕は脳内で「かならず勝つ」と呪文のように繰り返していた。「シンボリルドルフ」の問題を取って、自分が一千万円を手にすることを確信していた。僕は、自分の体のまわりにクイズが漂っているような感覚を得ていた。実際に僕の体のまわりにはクイズが漂っていたのだった。坂田泰彦は、僕たちの手の届くところにある問題ばかりを出題していた。

●

CMが明けてからは一瞬だった。

「問題――」という声が聞こえる。

「仏教において極楽浄土に住むとされ、その美しいこ――」

本庄絆が押す。**「迦陵頻伽」**と答える。正解。

これで6―6。

最終問題に移り、**「問題――」**と聞こえる。

カメラが一瞬だけ、問い読みのアナウンサーを映す。大きく息を吸い、次の言葉を発しようと口を閉じた瞬間、ボタンが点灯した音が鳴る。

本庄絆が**「ママ.クリーニング小野寺よ」**と答える。正解。

あっという間に本庄絆が優勝する。

僕はそのシーンを何度も繰り返して再生する。放送終了後にも見ていた場面だったので、他のシーンに比べればよく覚えている。僕は呆然《ぼうぜん》としたままステージの上手側に棒立ちしている。何が起こっているのか、よくわかっていない。

七回目に再生したときに、僕は些細なことに気がつく。

最終問題で「問題――」と口にしたあと、問い読みのアナウンサーは息を吸い、次の言葉を発しようと口を閉じていた。

日本語を発音するとき、口を閉じるのはマ行とバ行とパ行だけだ。本庄絆はゼロ文字でボタンを押したが、一文字目の僅かな情報が存在していた。

あたりはついていた。僕は第三回『Qのすべて』で出題された問題のリストを最初に調べた。第三回の放送はすでに確認している。第三回までの本庄絆は「知識はあるけれどクイズはまるでできないポンコツキャラ」だったが、第四回からクイズプレイヤーとして明確に強くなっている。第三回『Qのすべて』は、本庄絆というクイズプレイヤーが誕生するきっかけになった回である可能性が高い。

あった。

僕はあっさり見つけてしまう。

「Q．『ビューティフル、ビューティフル、ビューティフルライフ』の歌でお馴染み、天気予報番組『ぷちウェザー』の提供やユニークなローカルCMでも知られる、山形県を中心に四県に店舗を構えるクリーニングチェーンは何でしょう？　A．『ママ・クリーニング小野寺よ』」

正解者は本庄絆だった。編集でカットされ、放送されていなかっただけで、第三回『Qのすべて』で、『Q－1グランプリ』決勝の最終問題とまったく同じ問題が出題されていた。

僕はこの発見を富塚さんに報告するべきかどうか考えた。

富塚さんは「ヤラセの証拠だ」と主張するだろう。たしかに、「ヤラセの証拠」として、それなりに説得力がある。「野島断層」と組み合わせれば、『Qのすべて』と『Q-1グランプリ』のつながりを疑う人も増えるだろう。

僕は何よりも、本庄絆に直接聞いてみたいと考えている。どれくらいの自信があってゼロ文字押しをしたのか。最後にあの問題が出題されると気づいたのはいつか。真実を知っているのは本庄絆本人だけだろう。僕は彼に真相を聞くだけの材料を集めたと思う。それらの材料を組み合わせて、僕の推理を付してもう一度彼にメッセージを送ってみれば、今度こそ返信があるかもしれない。そんな淡い期待を抱く。

僕は本庄絆のXアカウントを開く。

数時間前、彼は一ヶ月ぶりにポストをしていた。

YouTubeチャンネル「クイズ王の絆ちゃんねる」開設と、月額会員制メンバーシップ「絆のホンネ」の開始が告知されていた。

彼は表舞台から消えたわけではなかった。新たな収入源のための準備をしていたのだ。

たびたび失礼します。三島玲央です。

YouTubeチャンネルの開設とメンバーシップの開始、おめでとうございます。本庄さんの今後の活躍、楽しみにしております。

さて、今回ご連絡をしたのは、前回同様『Q-1グランプリ』の決勝で起こったことについてお聞きしたいことがあったからです。ここ最近、本庄さんがどうして「ママ．クリーニング小野寺よ」と答えることができたのか、ずっと考えていました。本庄さんがこれまで出演してきた番組の映像を見たり、弟さんの裕翔くんから話を聞いたり、『Q-1グランプリ』決勝の映像を見たりしながら、僕なりに仮説を立てました。

『Q-1グランプリ』では、僕たちの人生に関係するクイズばかりが出題されていました。決勝で出題された十六問のクイズのうち、少なくとも七問は、以前に僕が作問したことがあったり、大会で解答したことがあったりする問題でした。同じことは本庄さんにも言えると思います。僕が少し調べただけでも、三問目の「ウィリアム・ローレンス・ブラッグ」の問題、七問目の「『サイエンス』」の問題、十問目の「野島断層」

の問題、十六問目「ママ．クリーニング小野寺よ」の問題は、本庄さんに関係するクイズでした。

ここからは僕の予想です。総合演出の坂田さんは、生放送でクイズ番組をする際、どうすれば番組が盛り上がるかを考えたと思います。収録番組と違って、問題がスルーされたり、見当違いの誤答があったりしても、編集でカットすることはできません。生放送というやり直しがきかない状況で、クイズプレイヤーたちのスーパープレイを視聴者へ確実に見せるため、彼は出演者がかならず答えることのできるクイズを用意したのです。

本庄さんは、対戦中にその法則に気づいたのではないでしょうか。最終問題を前にして、本庄さんは「次にかならず自分が答えられるクイズが出題される」と予想していました。問い読みが始まる前から、すでにいくつかの候補に絞っていたのでしょう。

僕が本庄さんとお話ししたいのは二点だけです。

一、どうして無数の選択肢の中から、「ママ．クリーニング小野寺よ」という答えに選択肢を絞ることができたのでしょうか。

二、本庄さんの「ゼロ文字押し」に納得していないクイズプレイヤーは数多くいます。とりわけ、『Q－1グランプリ』の準決勝に出演したクイズプレイヤーたちは、番組がヤラセだったのではないかと怒っています。僕は自分なりに調べた結果、ヤラセではなかった可能性にたどり着きましたが、他のプレイヤーは誤解したままです。本庄さんの口から直接「ゼロ文字押し」の経緯を説明していただくことはできないでしょうか？

お忙しいところ失礼しました。お時間があるときに返信をいただけると幸いです。

僕はそうメールを送ってからベッドに寝転んだ。疲れきっていた。この何時間かで、自分の人生をもう一度やり直したような気分になっていた。

中学生になって、クイズ研究部に入ろうと思ったときのことを思い出した。自宅から学校まで遠かったので、朝練のある運動部には入れそうになかった。文化系の部活を探していて、文芸部とクイズ研究部に体験入部をした。放課後にクイズ研究部へ行くと、中一と高一の入部希望者でクイズ大会をすることになった。高一の新入部員にクイズ経験者がいて、ほとんどの問題に彼が正解した。最後の方の問題で、「サラザール・スリザリン、ロウェナ――」と聞こえて、高一のクイズ経験者がボタンを押した。彼は『ハリー・ポッター』と答えたが、誤答だった。僕もボタンを押そうとしていたことに気づいた高橋先輩が、「三島くんも押そうとしてたよね？」と聞いてきた。僕は「はい」と答えた。

「言おうとしていた答え、言ってみて」

僕は「ホグワーツ魔法魔術学校」と答えた。ピンポン、という音が鳴った。

「どうしてそう思ったの?」と高橋先輩が聞いた。

「ロウェナ・レイブンクローって続くと思って」

「スリザリン、ロウェナって来て、ピンときた?」

「はい」と僕はうなずいた。「ホグワーツを設立したメンバーなので」

「すごいよ」と高橋先輩が言った。「センスがある」

僕の耳元で「ピンポン」という音がずっと鳴っていた。家に帰ってからも、ベッドに潜ってからも、ずっと鳴っていた。三つも年上の人に、僕でも勝てることがあるんだ、と思った。そうして僕はクイズ研究部に入部した。

僕がクイズを始めたのは、入学前の春休みに読んだばかりの『ハリー・ポッター』シリーズからクイズが出題されて、たまたま正解できたからだ。僕がクイズを続けることができたのは、クイズによって僕自身を肯定してもらえたからだったのだ。そんなことを思い返す。

しばらく眠っていた。メールが届く音で目を覚ました。本庄絆から「直接お話ししたいです」と返信が来ていた。午後七時を過ぎていて、永福町のマンションから窓の外を見ると、あたりはすっかり暗くなっていた。僕はすぐに「ぜひよろしくお願いします」と返した。

「今夜は時間ありますか？」と来た。

洗面所で顔を洗ってから「大丈夫です」と返した。

本庄絆からレストランのURLが送られてきた。今朝発表したYouTubeチャンネルのスタジオの近くにあるらしい。

レストランは代々木公園にあった。井《い》の頭《かしら》線で下北沢駅に出て、小田急線に乗り換えた。

お洒落なイタリアンレストランの奥にある個室で本庄絆が待っていた。「何か飲みますか？」と聞いてきた。僕はメニューに黒烏龍茶を見つけ、注文することにした。OTPPを摂取したくなった。

「三島さんの考えは一点を除いてすべて合っています」

スマホで誰かに連絡してから、本庄絆は顔をあげて僕に向かってそう言った。

「一点？」

「ええ。『出演者がかならず答えることのできるクイズが用意される』ということを、私が対戦中に気づいたのではないか――三島さんはそう予想していました。ですが実際には、私は放送前から予測していました」

「『Q‐1グランプリ』が始まる前から、そういう問題傾向になるだろうと読んでいたのですか？」

「そうです。だから私は出演者全員の研究をしたのです。対戦相手がどんなジャンルを得意にしているか、どんな押し方をするか、直近の大会ではどういう問題を拾っているか、そういう点を中心に調べました。お互いの知っている問題が均等に出されるなら、勝つためには相手のために用意された問題に正解しなければなりません」

本庄絆は表情を変えずにそう口にする。

「僕のことも？」

「もちろん三島さんのことも調べていました」と本庄絆は答える。「たとえば『アンナ・カレーニナ』の問題や『シンボリルドルフ』の問題なんかは予習していた範囲から出題されました。だから私もかなり早く押したのですが、三島さんが早すぎて押し負けてしまいました。序盤から劣勢だったこともあり、後半はリスクを承知で、さらに早めに押していくことにしたんです」

「そうだったんですね」

「『Undertale』の問題なんかは、私のために用意されていたはずです。以前、クイズ番組で正答したことがありましたから。でも問題文の文型が違っていたせいで他の選択肢と迷ってしまい、答えられなかったのです」

「僕も、以前に自分で作問した『徽宗』の問題を落としてしまいました」

「まあ、そういうことがお互い平等に起こったおかげで、6―6で最終問題まで進行したのでしょう」

「それで、どうして『ママ・クリーニング小野寺よ』と答えられたのですか？」

運ばれてきた黒烏龍茶を一口飲んでから、僕は本題に入る。本庄絆は白ワインを飲んでいる。

「三島さんは、私が中学三年まで山形県にいたことを知っていますか？」

「はい」と僕は答える。「裕翔くんから聞きました」

「私は中学一年生のとき、半年ほど不登校でした」

「インタビュー記事を読みました」

「あの記事を読んだのなら話は早いです。私はいじめに遭っていました。今でも辛い思い出です」

「たいへんな苦労をしたと思います」

「『熊の場所』という小説を知っていますか？」と本庄絆が聞いてくる。僕は「舞城《まいじょう》王太郎ですか？」と聞き返す。本庄絆は第二回『Ｑのすべて』の第一ステージで舞城王太郎の『阿修羅《あしゅら》ガール』の問題に正解している。彼がその回で正解したのはその問題だけだった。

「そうです。舞城王太郎です」と本庄絆がうなずく。「『熊の場所』の主人公の父は、アメリカのユタの原生林で巨大な熊に襲われ、同行していたオーストラリア人を置き去りにして、命からがら国道に停めていたジープまで逃げてきます。無線で救援を頼み、ドアと窓をロックして、ハンドルに頭をのせてから、こう考えます――このままだと、怖くてもう二度と山の中に入れなくなるだろうなあ」

「はい」と僕はうなずく。僕もずいぶん昔にその小説を読んだことがあった。

「主人公の父は、ダッシュボードにあった拳銃と後部座席にあったスコップを持って、熊のもとへ戻ります。そうして熊と対峙します。マガジンが空になるまで銃を撃って、スコップの先を熊の頭に突き刺して、とうとう熊を倒します。そのおかげで、主人公の父はもう一度森に入ることができるようになったのです」

「なるほど」とうなずきながら思い出す。詳細までは覚えていなかったが、たしかそんな話だったはずだ。

「『熊の場所』とは、あらゆる恐怖の源となっている原因のことです。『熊の場所』から運良く逃げだすことができて安全を確保したとしても、『熊の場所』は心の中に残り続けます」

「誰にだって、『熊の場所』があるのではないでしょうか？」

「そうです。私にとって、山形は『熊の場所』でした。『熊の場所』を取り除くためには、『熊の場所』へ戻らなければなりません。戻って、自分の手で熊を退治しなければなりません」

「だからクラス会のときに、山形へ帰ったのですか？」と僕は口を滑らせる。裕翔くんから聞いた話だったが、この話は黙っているべきだっただろう。

「裕翔から聞いたんですか？」と本庄絆が聞いてくる。

僕は正直に「はい」とうなずく。

「たしかに私は山形に帰ってクラス会に出ました。自分の『熊の場所』と向き合うために。でも、『熊の場所』は消え去りませんでした。私にとっての『熊の場所』とは、単にいじめっ子たちがいる場所ではなかったのです」

僕は黙ってうなずき、続きを促した。

本庄絆は「いじめられていたことによって、自分に対して自信が持てなくなったことにあったのです」と言う。

「自分に対して自信が持てなくなった？」

「そうです。自分がどうしていじめに遭うのか——中学生の私は必死に考えました。その結果、気づかないうちに自分が間違いを犯していたからだという結論を出しました。私は自分に対する自信を失いました。他人の言うことを聞き、他人の望む姿を演じるようになりました。父に言われた通り公認会計士の資格を取り、東大の理三へ進学しました。そのような私の生き方は、私がテレビに出るようになってから役に立ちました。番組が必要とする役割を引き受ける。その中でベストを尽くす。『熊の場所』を取り除くことができなかった私は、そういう生き方を選ばざるを得なかったのです」

「なるほど」

僕は、本庄絆の目にうっすらと涙が浮かんでいることに気がつく。本庄絆は「クイズだったんです」と口にする。「クイズが、私を救ってくれたんです」

「『ママ・クリーニング小野寺よ』ですか」と僕は聞く。僕は知っている。クイズが自分の人生を肯定してくれるということを。

「そうです」と本庄絆がうなずく。彼の涙が頬を伝って顎から滴《したた》る。「第三回『Qのすべて』の収録のときでした。第二ステージで、私は『ママ．クリーニング小野寺よ』の問題に正解しました。『ママ．クリーニング小野寺よ』は山形県中心のクリーニングチェーンです。私が山形県に住んでいなければ、正解することのできない問題でした。正解のピンポン、という音を聞いて、私は思わず泣いてしまいました。クイズが私の人生を肯定してくれたんです。間違いだったと思っていた山形時代の私に、『正解だった』と教えてくれたんです。私の『熊の場所』を取り除いてくれたんです」

「それがきっかけで、クイズの勉強を本気でやるようになったんですか？」

「そうです。私はクイズの本当の魅力に気づいたんです。『ママ．クリーニング小野寺よ』と答えた日から、私は必死にクイズの勉強をしてきました」

「そういう事情があったからこそ、最終問題で『ママ．クリーニング小野寺よ』と答えることができたんですか？」

「はい」と本庄絆が答える。「『ママ．クリーニング小野寺よ』の問題が放送されていないのは、収録中に私が突然泣きだしたからです。坂田さんは当然そのことを知っています。あの問題がきっかけとなって、私が本気でクイズの勉強をするようになったことも知っているでしょう。だから私は、最終問題には『ママ．クリーニング小野寺よ』が出題されるのではないかと予測していました。坂田さんなら、きっとあの問題を出すのではないかと思っていたんです。問い読みの人の口が閉じた瞬間、私は問題文の一文字目が『ビ』であると確信し、解答ボタンを押しました」

「そういうことだったんですね」

本庄絆は俯《うつむ》いたままだ。僕は黒烏龍茶を飲み干す。本庄絆の前には飲みかけの白ワインが置かれている。黒烏龍茶にはOTPPが含まれているが、白ワインにもポリフェノールが含まれている。赤ワインに比べると半分以下だが、体に吸収される量が多いという話もある。ワインのクイズを作問したことがあるので、その辺の知識はそれなりに持っている。シャンパンとスパークリングワインの違いは何でしょう――シャンパンは「シャンパーニュ」を日本語読みした言葉で、シャンパーニュ地方で造られたスパークリングワインのことをシャンパンと呼ぶ――。

「っていうのはどうですか?」

僕は本庄絆の声が聞こえて我に返る。本庄絆は顔をあげて涙を拭《ぬぐ》っている。口元に若干笑みが浮かんでいることに気がつく。僕は意味がわからずに、「はい?」と間抜けな声を出してしまう。

「『ママ．クリーニング小野寺よ』の真相についての話です。今の話、感動しましたか？」

「しましたが……」と口にしながら、僕は「どういうことですか？」と聞く。

本庄絆が「しまった」という表情をした。

「今の三島さんのリアクション、カメラで撮っておくべきでした」

僕は「なんの話ですか？」と再度聞く。

「私がＹｏｕＴｕｂｅチャンネルを開設したことは知っていますよね？」

「はい。Ｘで見ました」

「来月、『Ｑ－１グランプリ』の舞台裏について三島さんと話す動画を撮りたいんですが、そこで今の話をしようかと考えてて。どうです？　この話、動画を見た人は感動すると思いますか？」

「ちょっと待ってください。何の話をしているのかわからないのですが」

「今言った通りの話です。あ、もちろん三島さんに出演料はお支払いします」

「嘘だったんですか？」と僕は聞く。「クイズに救われたって話は、動画用に考えたんですか？」

「完全な嘘ではありません。かなりの部分に真実が含まれています。山形時代にいじめに遭っていたことも事実ですし、第三回『Ｑのすべて』の収録で『ママ・クリーニング小野寺よ』の問題が出題されたのも事実です。そのとき私が正答できたことも、それが放送ではカットされていたことも事実です」

「正解して本庄さんが泣いてしまったという話は？」

「それは作り話です」

「クイズに自分の人生が肯定されたと思ったっていう話は？」

「事実とも言えますし、嘘とも言えます。『ママ．クリーニング小野寺よ』の問題に正解したあと、私は『山形に住んでいたから知っていた』と言いました。ＭＣは『地元の問題しか正解できないのか』と私をイジりました。山形は私にとって複雑な思いのある地です。私は柄にもなくムッとしてしまって、スタジオが変な空気になりました。収録後、坂田さんから『ああいう態度を取るなら、もうお前は使わない』と言われました」

僕は言葉を失ってしまう。啞然としたまま、本庄絆が白ワインを飲み干すのを眺めている。店員がやってきて、新しいワインと黒烏龍茶を受けとる。

「じゃあ、どうしてクイズの勉強をしようと思ったのですか？」と僕は聞く。第三回『Ｑのすべて』をきっかけに本庄絆がクイズを引退した、という話だったら理解できるが、彼はそんな目に遭ってからクイズの勉強を始めている。僕には理解できない。

「このままイジられキャラで押し通すのも限界だと思ったので、クイズの勉強をすることにしたんですよ」

当たり前じゃないですか、という顔で言う。僕は思わず「そこまでして、どうしてテレビにこだわったのですか?」と聞く。最初から最後まで、僕には意味がわからない。

「今日のためですよ」と本庄絆が答える。「知名度を稼いで、YouTubeとメンバーシップの登録者を増やすためです」

「それにしたって、ゼロ文字で押す必要はありませんでした。実際に僕は『ママ.クリーニング小野寺よ』を知りませんでした」

「もちろん、ああいう早押しをして正解すれば、ヤラセを疑う人が出てくることも考慮していました。でも、私はそれでも構わなかったのです。私は『Q-1グランプリ』を最後に、活動の場の中心をYouTubeとメンバーシップに移そうと決めていました。その際に必要なのは、誰にでも伝わる『魔法』です。もうテレビには未練はありませんし、賞金も必要ありません。次のビジネスのため、多少物議を醸してでもインパクトのある場面を演出したいと考えていたんです」

「なるほど」とうなずきながら、僕は「もし『ママ.クリーニング小野寺よ』が正解じゃなかったら、どうするつもりだったのですか？」と聞いた。

「かなりの確信があって私はボタンを押しています。坂田さんは底意地が悪いので、『Q－1グランプリ』のどこかで『ママ．クリーニング小野寺よ』の問題を絶対に出してくると考えていました。私に対する嫌がらせでね。だから正解できたんです。もちろん、違っていた場合でもそこまで大きな問題ではないと考えていました。優勝がかかった問題で『ゼロ文字押し』をする。それ自体が、それなりに話題になると思ったんです。不正解だった場合のシナリオも入念に考えていました」

「賞金を返したのはなぜですか？」

「返した方が得だと思ったからです。目の前の金に興味はありません。僕の目標はもっと高いところにあります」

僕は再度「なるほど」とうなずく。うなずきながら無力感に包まれている。

『Q－1グランプリ』はヤラセでも魔法でもなかった。本庄絆は「クイズ番組」というものの本質を理解し、その仕組みを解いた。どのような問題が出されるかを読んで当てた。

だが、僕の知っているクイズでもなかった。

すべてのクイズに意図がある以上、たぶんヤラセではないが、僕の信じていたクイズとも違う。

これはなんだったのだろう。あえて言うなら、ビジネスだったのだろうか。

本庄絆が「動画のタイトルはもう決まっています」と言う。「『Q－1グランプリ』の舞台裏のすべて——伝説の『ゼロ文字押し』の秘密をすべて話します」というものらしい。

「三島さんもYouTubeを始めるなら今ですよ」と本庄絆が言う。「『Q－1グランプリ』でフォロワーも増えていますし、熱心なファンもついています。私とコラボすれば登録者も稼げます。三島さんがこちらのチャンネルに出演してくださるなら、私も三島さんのチャンネルに出ます」

僕は「考えさせてください」と言って立ちあがる。「お話、聞かせてもらってありがとうございました」と口にする。

「考えさせてください」とは言ったが、本庄絆のYouTubeチャンネルに出演する気など一切ない。この場で断ろうとすれば、汚い言葉を口にしてしまいそうだったから誤魔化しただけだった。

そうして僕はレストランを出た。もう二度と、本庄絆と会うことはないだろう。

僕はクイズの内側からクイズのことを見ている。長年クイズをやってきたせいで、僕はクイズの中央近くに立っている。だからこそ、クイズとは、知識をもとにして、相手より早く、そして正確に、論理的な思考を使って正解にたどり着く競技だと思っていた。今でもそう思っている。

でも、外側から見たら違うのだろう。クイズは魔法だ。未来を予知する予言者や、相手の思考を読み取って答えを当てるメンタリストみたいなものだ。そうでないと、何文字か読みあげられただけの問題に正解することなんてできない。クイズプレイヤーは無自覚なうちに「タネも仕掛けもございません」という顔をしてきた。それを見て本当にタネも仕掛けもないと信じる人がいた。

本庄絆はそのギャップを利用している。自覚的に魔法を印象づけて、多くの人々を惹《ひ》きつける。彼にとって、視聴者が抱く幻想は金儲《かねもう》けをするための大きな武器だった。彼の頭の中には世界そのものが存在していて、検索をかけるだけで簡単に答えが出る。この世にわからないことなどない。すべてが自明で、すべてが彼の手の中にある。彼はクイズと出会ってしまった。彼は卓越した記憶力を武器に魔法使いになった。

僕は——と考える。僕はきっと、その幻想に耐えられない。妄想上のキャラクターを与えられ、その役割をこなすこともできないし、幻想を維持するために自分の気持ちを隠すこともできない。だから僕はテレビのスターにはなれなかった。

僕はクイズが好きなだけのオタクだ。自分のために、ただひたすら正解を積みあげる。誰かのために——視聴者のためにクイズをすることなんてできない。


僕は本庄絆のXアカウントを開く。彼がYouTubeチャンネルを開設し、メンバーシップを始めると告知したポストが一晩で二万人にリポストされている。「絶対に登録します」というリプライが、何百件、何千件もついている。

僕は彼のファンに、「負けを認められずにゴネてるだけ」と言われたことや、「賞金がもらえなくて悔しかったのかな」と言われたことを覚えている。本庄絆が、一ヶ月前に僕が送ったメッセージを無視したまま、自分のファンを囲いこんで新たなビジネスをしようとしていたことを知っている。

僕は自分にがっかりした。

僕だって、本庄絆のファンと変わらないのかもしれない。彼がSNSで沈黙しているのは、彼なりに反省しているからだと思っていた。だからこそ、彼のことを理解しようとしたし、最終問題がヤラセではなかった可能性を調べた。でもそれは、僕が勝手に作りあげた「本庄絆」という偶像にすぎなかった。沈黙している間、彼は次のビジネスの準備を着々と行っていた。そのビジネスのために『Q－1グランプリ』と僕は利用された。

僕は、僕の信じるクイズをした。正確に、論理的に正解を導きだすクイズをした。本庄絆のクイズは、「クイズで生きていく」「クイズで金を稼いでいく」というところに目標が置かれていた。

そして、本庄絆は僕を上回ったのだった。

僕は、『Q－1グランプリ』と本庄絆のことを頭から追いだした。大昔に、クイズに強くなるために「恥ずかしい」という感情を捨てたときみたいに、綺麗《きれい》さっぱり忘れ去った。本庄絆の選んだ道もまた、クイズの答えの一つだと思ったからだった。彼はもう、僕の中で存在しない。

僕は来週に迫ったオープン大会の準備を始めた。

僕は問題集を解く。クイズの勉強をする。クイズプレイヤーとしての日常を取り戻す。正解を積み重ねる。作問者が誰で、どういう問題を出すのだろうか、ということばかり考えそうになる。僕はその思考を追いだそうとする。

前より少しだけ、強くなったような気がする。前より少しだけクイズのことが好きになって、クイズのことが嫌いになった。世界にはまだ、僕の知らないクイズが存在しているのだ、と考えることにした。何かを知るということは、その向こうに知らないことがあるのだと知ることなのだ。

頭の中に、「**問題――**」という声が聞こえる。

「**ずばり、クイズとは何でしょう**」

僕はボタンを押して「**クイズとは人生である**」と答える。

「ピンポン」という音はいつまで経っても鳴らなかったが、正解だという確信があった。百パーセントの確信だった。

【謝辞】

本作を執筆するにあたって、友人であり、かつクイズプレイヤーでもある徳久倫康《とくひさのりやす》くんと田村正資《ただし》くんの二人に助言していただきました。「クイズ」という題材を扱う上で、二人がいなければ執筆できなかったというか、そもそも執筆しようとすら思わなかったはずです。また、クイズという競技についてよく知るために、伊沢拓司《いざわたくし》さんの著作、および QuizKnock の動画を参考にしました。重ねて感謝します。

【参考文献】

伊沢拓司『クイズ思考の解体』（朝日新聞出版、二〇二一年）
伊沢拓司『東大生クイズ王　伊沢拓司の軌跡Ⅰ～頂点を極めた思考法～』（セブンデイズウォー、二〇一五年）
石田佐恵子、小川博司編『クイズ文化の社会学』（世界思想社、二〇〇三年）
古川洋平『クイズモンスター・古川洋平のクイズ虎の巻』（セブンデイズウォー、二〇一六年）
『QUIZ JAPAN』vol.01～14（セブンデイズウォー、二〇一四～二〇二二年）
トルストイ、木村浩訳『アンナ・カレーニナ』（新潮社、一九九八年）

僕のクイズ

俺は自分の脳内に三人のクイズプレイヤーを飼っている。一人は十年前、クイズを始めたばかりの自分。一人は昨日の、作問をする直前の自分。最後の一人は、そのときに日本で一番クイズが強いプレイヤー――今だったら三島玲央《れお》だろう。

さらに言えば、それなりの広さのクイズ会場と、それなりに賑《にぎ》わった観客と、「クイ研出身のフリーアナウンサー」という設定の問い読みも飼っている。クイズを作問したときはいつも脳内会場で、脳内フリーアナウンサーに問題文を読んでもらい、三人の脳内プレイヤーにボタンを押してもらう。

たとえばこんな感じに。

「Q. 円柱状のインゴットを薄く切ることででき、世界中の物質でももっとも高い平《へい》坦《たん》度を誇ると言われ、半導体製造に欠かせない円盤型の材料のことを、洋菓子のウエハースにちなんで何と言うでしょう?」

脳内会場が静寂に包まれる。三人のうち、誰かが押すんじゃないかと、どれだけ待っても何も起こらない。結局問題はスルーされてしまい、しばらくして解答が発表される。

「A、ウェーハ（または「シリコンウェーハ」）」。

十年前の俺が「他の人もわかってなくてよかった」と安心する。昨日の俺が「悪問だな」と思いながら苦笑いをする。三島はどうだろう――ひょっとしたら、押せなかったことを悔しがっているかもしれない。いや、もしかしたら、あいつは押してしまうかも……。

どちらにせよ、この問題はボツだ。

ボツの理由を挙げるとキリがない。まず文章が長いし、ヒントも良くない。そもそも問題文の中に「インゴット」や「平坦度」や「半導体」などと、あまり聞き馴染みのない言葉も多い。とはいえ、問題文を修正してどうにかなるものでもない。まず、答えがわかっても気持ち良くないのだ。

俺はこの問題を消す。これじゃあ企業のPRにはならない。

今日だけで、たぶん三十問以上作っては消している。「半導体」で問題を作ろうとしても限界がある。そもそも、多くの人は「半導体」が具体的にどういうもので、どのように用いられているのかを詳しく知らない。「コンピュータとかに使われてるやつでしょ」くらいの認識だろう。

時計を見る。気づいたら深夜の二時をまわっている。俺はベッドで横になって、天井を見つめる。

「問題――」という問い読みの声が、頭の中に響く。**「――半導体の部品の洗浄に使う水を作っている日本有数の会社のプロモーションを、どうやったらクイズ企画にできるでしょう?」**

三人のプレイヤーがしばらく様子を見る。誰も押さずにスルーになりかけたところで、俺自身がボタンを押す。

「無理」

と俺は独り言をつぶやく。正解。答えは「無理」だ。どう考えてもクイズにならない。

「チャンネルを運営していく上で、絶対に富塚《とみづか》の力が必要なんだ――」

片桐《かたぎり》さんからYouTubeチャンネルに誘われたのは昨年末だった。「――これからは、自分たちでクイズの楽しさを広める場を用意しないといけない。で、今もっとも多くの人に見てもらえるのはＹｏｕＴｕｂｅだ」

片桐さんが俺に声をかけたのは、「クイズプレイヤーとして実力が確かだから」「社会人経験が豊富なので、チャンネルを広く知ってもらうための戦略を考えてくれそうだから」「長年の付き合いで、人柄を信用できるから」という理由だったようだ。俺は一旦持ち帰り、会社の副業規程なんかを調べて、また改めて返事をする――という常識的な返事もせず、その場で「やります」と即答してしまった。

きっと腹が立っていたんだと思う。『Ｑ－１グランプリ』であんなことがあって、世間の人たちがクイズというものをどういう風に考えていたのかがわかってしまった。本庄絆《ほんじょうきずな》とテレビ局は、クイズを利用して汚い真似をした。このままでは、クイズという素晴らしい競技が誤解されたまま、狡猾《こうかつ》なやつらの金儲《かねもう》けの道具にされてしまう。と、勢いで引き受けたものの、やっていけるという自信があったわけではなかった。すでにクイズ企画をメインとした人気のＹｏｕＴｕｂｅチャンネルは複数存在していて、それぞれ面白くてアイデアに満ちあふれていて若者に人気だったりした。片桐さんも俺も若くはない。これから新規でチャンネルを始めて、多くの人が見てくれるだろうか。そもそも、みんなクイズにそこまで興味があるのだろうか。

俺は「やります」と答えたあと、片桐さんに「やろうとは思うんですけど、一つだけ提案があります」と言った。

「提案?」と片桐さんは聞き返してきた。

「もう一人、誘いたいやつがいるんです」

片桐さんは「三島だろ?」と言った。「まあ、そりゃそう思うよな」

「そうです。三島はクイズも強いし、例の件で知名度もそれなりにあります。それに何より、クイズという競技が何なのか、誰よりも深く考えています」

「こんなことを言うのも失礼かもしれないけど、実は富塚より先に三島に声をかけてたんだ」と片桐さんは笑った。「で、断られた」

「なんて言って断られたんですか？」

「『休みの予定は全部オープン大会で埋まってるから』だってさ。あいつ、今年だけで三十三個のクイズ大会に出て、十七回優勝したらしい」

なるほど。実に三島らしい理由だ、と俺は感心する。

そういう経緯で、俺たちはすでにレッドオーシャンとなっていたクイズＹｏｕＴｕｂｅｒの道を歩きはじめたわけだ――「血で血を洗うような競争の激しい市場のことを意味する経営戦略用語のことをなんと言うでしょう？」という問題に「レッドオーシャン」と答えて正解したときのことを思い出す。あれは数年前の大規模なオープン大会だった。マスクもせずに大勢が集まっていたから、コロナ前だったはず。会場は──そうだ、京都駅近くの学習センターで、ペーパーで一位だったのに決勝ですぐに負けてしまった。

そうやって始まったYouTubeチャンネルだったが、最初はかなり苦戦したものの、クイズ企画というよりも教養チャンネルとしての需要があったようで、クイズを起点にしてさまざまなジャンルの知識を解説するという方向に舵《かじ》を切ってから登録者が増えていった。いろんな蘊蓄《うんちく》にかならず出典や引用元を明記したり、図解を差し込んだりする都合で編集費用が高く、チャンネルとして収益が上がっていたわけではないが、意外なほど多くの人が俺たちのチャンネル「QtoC（クトック）」を見てくれていた。

「QtoC」というチャンネル名は片桐が考えた。「BtoB」は企業間取引（Business to Business）を意味する言葉だ。その派生として、企業が一般消費者に商品やサービスを提供する「BtoC」や、一般消費者同士が取引を行う「CtoC」という言葉もある。「QtoC（Quiz to Customer）」は造語で、片桐曰《いわ》く、クイズプレイヤーがクイズに興味のない人々へ向けて発信をする、という意味をこめたらしい。俺はあまり気に入っていなかったが、「対案を出せ」と言われて何も出せず、おとなしく片桐の案に従った。

で、そのチャンネルに企業からPRの案件が届いた。

依頼主は株式会社高岡テック商品事業部の西村さんという方。「高岡テック」の事業内容は「主に半導体部品の洗浄や製薬に使用する超純水の製造、および製造装置の販売、レンタル、メンテナンスなど」らしい。調べてみると、高岡テックの売り上げは年間七百億、営業利益は二百五十億。四十年ほどの歴史のある企業だったが、ここ最近半導体の需要が大きくなり、急速に業績を上げていた。

何かの間違いかと思った。俺たちはクイズプレイヤーで、半導体にも純水にも関係がない。

依頼文には、俺たちを選んだ理由に「十代から四十代にかけて、知的な関心を持つ多くの視聴者がついていること」と、「そういった層への会社の知名度を上昇させたい弊社の広報戦略がマッチしていると考えていること」と書いてあった。「ぜひ、QtoCさまで弊社の知名度が上がる動画を制作していただきたいと思い、こうして連絡させていただいた次第です」

おまけとして、「今回のオファーとは直接関係ありませんが、大学生の息子がQtoCさまのファンで、毎週動画を楽しみにしております」と書かれていた。

依頼文を読む限り、西村さんは「QtoC」がクイズを扱うYouTubeチャンネルであることを知っていたし、俺たちのチャンネルについても真摯《しんし》に調べてくれているようだった。

どうやら似た名前の別のチャンネルに依頼しようとして間違えてしまったわけではないらしい。ざっと調べた感じだと、提示された報酬は相場の約二倍で、設立されたばかりでまだ赤字のチャンネルにとって、おいそれと断ることのできない額だった。

「という感じなわけよ」

俺は向かいに座ってハイボールをちびちび飲んでいる三島に言う。三島はグラスを優しく置いてから「引き受けたんですか?」と聞いてきた。

「引き受けちゃったんだよな」と言いながら、企画が思いついていない状態で、どうして引き受けてしまったのか反省する。初めて企業から直接仕事を依頼されて舞い上がってしまったというのもあるし、報酬が高かったというのもある。とはいえ、別に俺たちはお金に困っているわけではない。今はまだチャンネルを成長させていく時期で、企業の宣伝をするだけのつまらない動画を投稿するわけにもいかない。

「これはなかなか難しいクイズですね」と三島が顎《あご》に手を当てる。

「しかも、正解があるとも限らない」と俺は補足する。一週間以上考えた結果、正解が存在しないクイズなんじゃないかと疑いはじめている。だからこそ、三島に相談しようと思ったのだった。

「でも、難しいクイズを考えるのは嫌いじゃないです」

三島が「たとえば」と口にする。「高岡テックがテレビゲームを販売する企業だったらもう少し簡単だったはずです。片桐さんや富塚さんがクイズ的な蘊蓄を話しながらゲームをプレイする、とかでも一応成立します」

「それはそうかもしれない」と俺はうなずく。

「この仕事を難しくさせているのは、高岡テックがＢｔｏＢの企業だという点です。動画を見る人が、直接的に高岡テックの取引先にはならない」

「そうなんだよ。何か紹介する商品があるわけじゃない」

「じゃあ、どうして高岡テックはＱｔｏＣに依頼を出したのでしょうか？　安くないお金を払って動画を投稿してもらって、高岡テックは対価として何を得ようとしているのでしょうか？」

『知名度』と担当者は言っていたな。こっちで調べたんだが、高岡テックは別に俺たちだけに仕事を依頼したわけじゃなくて、最近はタクシー広告や電車の車内広告も積極的に行っているらしい」

「なるほど。でも、その『知名度』はなんのために必要なんですか？　一般消費者の間で知名度が上がったところで、高岡テックの売り上げが直接的に伸びるわけではありません。富塚さんの動画を見た視聴者が、『よし、半導体を洗浄しよう』と思うわけではないでしょう」

「たしかに、言われてみると妙だな」

「妙」という言葉で思い出す。「妙」という字は、「珍妙」とか「奇妙」などのように、「不思議である」という意味と、「当意即妙」や「演技の妙」などのように、「優れている」という意味の両方を持っている。この二つの意味が乖離《かいり》しているせいで「言い得て妙」という言葉に違和感を抱いてしまう——という感覚をクイズにできないか、考えたままだったことを思い出した。

三島を見る。腕を組んで、神妙な面持ちをしている。

三島が「解けないクイズに出会ったら、出題者の気持ちになってみるのが大事なんです」と言う。

俺は、三島が高岡テックの話を真剣に悩んでくれていたことを嬉《うれ》しく思いながら、反射的に本庄絆のことを考える。

三島から、本庄の「ゼロ文字押し」の真相について教えてもらったときのことを思い出す。三島は本庄の「ゼロ文字押し」が「ヤラセではない」と結論づけた。本庄はプロデューサーの坂田のことをよく知っていた。生放送で早押しクイズをすることの意味を考えていた。そうやって出題者の意図を読み、問題文が読まれる前に解答したのだ。

俺は「この場合の出題者は、高岡テックってこと？」と聞く。

「そうです」と三島がうなずく。「高岡テックは、どうしてビジネスと関係のない人たちの間で『知名度』を上げたいと思っているのでしょうか」

「そういえば――」

高岡テックの西村さんから送られた依頼文を思い出す。「――向こうの担当者の息子さんが、ウチのチャンネルのファンだって言ってたな」

「息子さんに自慢するために、担当者が今回のオファーを出した、ということですか？」

と三島が聞いてくる。

「どうなんだろう。一応、先方は息子がファンであることと今回のオファーは関係がないって言ってたけど」

「本当に無関係なんでしょうか」と三島がつぶやく。「自分の息子に自慢するためにオファーをしたって可能性もあります」

「高岡テックは上場してるきちんとした企業だし、担当者の一存でそんなことはできないと思うけど、どうなんだろうな」

俺の勤務先だったら、たぶん広報担当者にそんな権限はない。PR費用を払う以上、どんな効果があるのかきちんと説明できないと予算が降りないはずだ。というか、こういうときってそもそも代理店とかを挟むものなんじゃないのか。

三島は深く何かを考えているようだった。俺はずっと、「解けないクイズに出会ったら、出題者の気持ちになってみるのが大事なんです」という三島の言葉について考えていた。

しばらく無言が続いてから、俺は「意外だな」と口にした。

「何がですか？」と三島がこちらを見た。

「『Q－1グランプリ』の一件があってから、お前が出題者の気持ちを考えることに対して否定的になってるのかと思ってたからさ」

「最近、考えを変えつつあるんです」と三島が言う。

「どういう風に？」

「彼の考えるクイズは僕の考えるクイズとは少し違いましたが、でも誤答ではありませんでした。クイズプレイヤーとして、出題者の都合を考えるのは当たり前の話です。『必要以上に意地悪な問題は出さないだろう』とか、『誰も答えを知らないクイズは出題されないだろう』とか、そういった前提がなければ正解にたどり着くことなどできません。クイズには必然的に、出題者と解答者の関係性が含まれてしまっているんです」

「それはそうだ」と俺はうなずく。

「クイズって、そもそも他者のためのものなんです。作問する人と解答する人がお互いのことを考えなければ成立しません。作問者は解答者に正解してほしいし、解答者は作問者の期待に応えたい」

「だが本庄は、その前提に生まれる隙をついてインチキをした」

「インチキではないと思います――」三島は少し考えてから「――むしろ、クイズの本質かもしれません」と言う。

「だとすると、あの大会はそもそもフェアではなかったな。本庄と坂田は元々互いをよく知っていたわけだから、他の出場者と条件が違っていた。クイズの本質が作問者と解答者の相互理解にあるのなら、本庄が圧倒的に有利だったことになる」

三島がなんと言おうと、あの大会はクソだった。クソなプロデューサーとクソな参加者が手を組んでクイズを侮辱した。あの大会のせいで、俺たちが積み上げてきた競技としての健全さが破壊されてしまった。

「それはそうかもしれませんが……」

「なんだ、やたらと本庄を庇《かば》うな」

「違うんです。庇ってるわけじゃないんです。あの大会のことを思い出すと、今でも辛《つら》くなります。なんというか——同情してるんです」

「同情？」

「彼はずっと、誰かから求められた役割を演じていただけなんじゃないかって思うんです。テレビでイジられ役が求められればそうするし、そうじゃなくなれば新しいキャラクターを探してそれを演じる。今は『天才的なヒール』という役を演じている——きっと、それが求められているのでしょう」

「求められた役割を器用に演じて、その先に何がある？」と俺は聞く。

「それは……」と三島が言い淀《よど》む。

「そもそも、志願してテレビに出演していたのは本庄自身だ。誰かに脅されて出演していたわけじゃない。他人に求められた役割を上手に演じるのは勝手だが、俺たちがその過程で踏み台として利用されたことに変わりはない」

本庄のチャンネルの登録者は今も伸び続けていて、ＱｔｏＣが遠く及ばない数字まで増えている。

三島は何も言わず、ハイボールを飲み干して店員を呼ぶボタンを押してから、早押しクイズに答えるように「知名度」と言う。「そういえば、本庄も『知名度』って言ってました」

「なんの話だ?」

「本庄が『ゼロ文字押し』をした理由です。つまり、本庄はクイズを自身のＰＲとして利用したんです。高岡テックみたいに」

「本庄と高岡テックは同じだって言いたいのか?」

「もちろん同じではありませんが、似ている部分もあります――」

そこまで口にして、三島は何かに気づいた表情を浮かべた。「――あれ、もしかして、高岡テックと本庄を比較して、怒ってます?」

「いや」と俺は首を振る。本庄のことは今でも許していないし、名前を聞くだけでも険しい表情になってしまうのだ。とはいえ、俺は本庄に負けたわけではなかった。俺は目の前に座っている三島に負けたのだ。俺が本庄のことで三島に怒るというのは筋違いな気がして、「話を続けてくれ」と言う。

「本庄は読まれる前の問題に解答し、話題になることで知名度を上げました。加えて、超人的な早押しで世間に対して魔法使いというイメージを与えることに成功しました」

「そうだ。本庄が知名度を上げたかったのには、ＹｏｕＴｕｂｅチャンネルを開設し、有料メンバーシップの会員を集めるため、という明確な理由がある。そしてそれに成功し、今でも伸び続けている」

「それはそうなんですけど、じゃあどうして本庄はＹｏｕＴｕｂｅを開設したんでしょうか」

「金儲けのためだろう」

「そうでしょうか。本庄は医学部の学生でした。ただ単にお金が欲しかったなら医者になればよかったんです。わざわざ生放送のクイズ大会で疑われるようなことをする必要はなかった」

先ほど三島が呼んだ店員が「お待たせしました！」とやってくる。三島がハイボールを注文し、俺は生ビールを注文する。店員が去ってから、三島は「本庄には、お金以外の目的があったはずです」と言う。

ビールを飲みながら「そりゃ、きっと有名になりたかったんだろ――」と口にすると、三島が「――そうなんです！」と大きな声を出す。

驚いて手元のビールが少し溢《こぼ》れてしまった。三島が「ああ、すみません」と手ぬぐいを渡してきた。

「おいおい、間髪《かんはつ》いれずに大声出すから、びっくりしたよ」と口にしてから、「間、髪をいれず」と言い直す。

三島が「綺羅《きら》、星のごとく。五里霧、中」と続ける。「区切る位置の誤用を、キラ・ゴリ・ハツ三姉妹って覚えてるんです」

「間髪」を「かんぱつ」と読むのは本来誤用だ。もともと「間、髪をいれず」という言葉で、間に髪の毛一本を入れる隙間《すきま》もない、という意味だった。正しくは「かん、はつをいれず」と読まなければいけない。同様に「綺羅星」を「きらぼし」と読むのも間違っていて、「きら、ほしのごとく」と読まなければいけない。三島はそこに「五里霧中」を加えて、「区切る位置の誤用」として覚えているらしい。

俺は「あとは『清、少納言』と『ヘリコ・プター』な」と〝区切る位置の間違い〟としてありがちな二つを付け加える。三島は「知りませんでした」と言って、すぐにスマホで由来を調べている。俺も一緒になって「五里霧中」について調べる。なるほど、「五里霧」の中にいるから「五里霧中」なのか。「無我夢中」と似ているが、まったく違う言葉なわけだ。面白い。これはクイズになりそうだ。

語源を調べ終わったのか、「これからは三姉妹じゃなくて、五姉妹にします」と三島が言う。

「『言語道、断』も加えてあげな」ふと思い出す。

三島が「他にも無数にありそうですね」と言う。

「すまん、脱線したな」

溢れたビールを拭《ふ》いてからそう口にすると、三島が「いえ、僕が大声を出したせいです。すみません」と謝ってきた。「しかも、新しい知識まで教えてもらって助かりました」

「で、なんの話だったっけ？」と聞くと、三島が「富塚さんは、どうしてクイズをしているんですか？」と聞き返してきた。

「なんだ、急に」

「あ、いや、本庄の件を調べていたとき、ずっと自分がクイズをする理由を考えてて」

「答えは出たのか？」

「そうですね。なんとなく、ですけど」

「俺はどうだろうな。知識が増えていくから、かな。さっき『五里霧中』を『五里霧、中』と区切るべきだってことは初めて知った」

「じゃあ、『クイズを通じて知識を増やして、それで何がしたいのか』って聞かれたら、なんて答えますか？」

「答えなんてないよ」と俺は首を振る。「知識が増えていくこと自体がゴールで、それ以上はない」

「本庄も、実はそうだったのかもしれません」

三島が急に本題に戻る。「知名度を上げること。有名になること。それ自体が彼の目標なのかも」

「どうしてそう思う？」

「富塚さんが言っていた通り、本庄は自ら志願してテレビのクイズ番組に出ていました。番組に出演し続けるためには与えられた役割を演じる必要があって、しかも本庄はそれが得意だったんです。あのころから、本庄が自分のＹｏｕＴｕｂｅチャンネルを開設するつもりだったとは思えません。本庄は純粋に『有名になりたい』という気持ちでテレビに出ていたのかも」

「そうだとして、何がわかる？」

「ＢｔｏＢの企業である高岡テックがＱｔｏＣにＰＲの仕事を依頼したのも、『有名になりたい』というシンプルな理由なのかもしれないな、と思ったんです。ＰＲは別に、商品を売るためだけに行うわけじゃありません。高岡テックで働く社員にとって、自分たちの会社が有名になることは嬉しいでしょうし、知名度が上がれば優秀な人材が集まってきやすくなるかもしれません」

「つまり、高岡テックは誰かのためではなく、自分たちのためにＰＲが必要だった、と」

「そうです」

「たしかに、ＰＲにはそういう側面もあるかもしれないな」

「はじめてテレビのクイズ番組に出たとき、父から『お前、頑張ってたんだな』と言われたことを思い出しました。クイズという競技に興味がなかった父も、僕がテレビに出たことでようやく認めてくれたんです」

「そう考えると、最初から俺の方向性は間違ってたんだな。俺は企画を通じて高岡テックがどういう事業をしているのか、視聴者にきちんと伝えないといけないと思っていた。でも、三島の言うとおりだったとしたら、高岡テックという会社の知名度を上げること自体が目的だったわけだ。半導体クイズも、超純水クイズも必要ない」

「そうです。高岡テックがちゃんとした会社で、ＹｏｕＴｕｂｅにＰＲ案件を依頼する余裕のある企業であることを伝えれば十分なのではないでしょうか」

「だとしたら、どんな企画が考えられる？」

三島はしばらく考えてから「あ！」と大きな声を出す。

「何か思いついたか？」

「『国文学者』って面白くないですか？『国、文学者』と区切ることもできるし、『国文学、者』と区切ることもできます。『国文、学者』という区切りも可能かも」

「それで言うと、『花鳥風月』みたいに、一字ごとに区切ることができる四字熟語もある」

「面白いです。クイズにできそうです」

それから俺たちは「『新古典派』をどこで区切るのが正解か」とか、「『未就学児』は一、二、一で区切れる」とか、そういう話を散々続け、俺は俺で「妙」という字の不思議さがクイズにならないか相談したりして、結局高岡テックの企画の具体的な話は何もできないまま解散した。クイズプレイヤーが集まると、しばしばこういう事態に陥って本題が進まなかったりする。

とはいえ、収穫がなかったわけではなかった。ＰＲは別に、顧客を獲得する手段とは限らない。

高岡テックの担当者が「息子がファンなんです」と言っていたことを思い出す。「無関係だ」と言っていたが、少しは関係があるのかもしれない。もちろん、PRそのものは彼らにとって必要だったのだろう。とはいえ、条件を満たす数多《あまた》のチャンネルの中から俺たちが選ばれた理由の中には、「担当者が息子に自慢をしたかったから」という個人的な事情が含まれていたのかもしれない。だからこそ、代理店などを挟まずに直接依頼が来たのかも。

帰宅してしばらくすると、三島から「今日はありがとうございました」というメッセージが届いた。「こっちこそ楽しかった」と返信すると、三島から「Q.動物などが『何をやってるかは知らない〜』と歌うCMでもお馴染みの、日清紡ホールディングスは何をする企業でしょう?」という問題が届く。

俺は「いろいろやってるけど、たしか自動車用ブレーキで世界有数だったはず」と答える。

「正解です」と三島から返信が来る。

「どうした、急に?」

「企画を思いついたんです。ニデック、AGC、テイジン。CMでよく目にするけど、何をやっているのかそれほど周知されていない企業をクイズにするんです」

俺は「なるほど、面白い」と返す。たしかに、こういった名前だけ知っている企業が実際に何をしているのかを当てるクイズを出す、という企画か。高岡テックも、そのクイズの中で問題にしてしまえばいい。これだけではまだ足りないが、叩《たた》き台としては悪くない。

しばらくして三島が「Q．今回の企画料として、ＱｔｏＣから僕に支払われるギャラはいくらでしょう?」と聞いてくる。

俺は「焼肉」と答える。三島から「正解!」と返ってくる。

解説

田村正資

日本のテレビにはずっと、クイズ番組があった。ゴールデンタイムにテレビをつけると、ほぼ毎日、どこかしらの局でクイズ番組が放映されている。地上波ではかつての『クイズ$ミリオネア』や『パネルクイズ アタック25』のような視聴者参加型の番組はずいぶん減ってしまったが、それでもクイズが人気コンテンツであることに変わりはない。

『君のクイズ』は、日本のテレビカルチャーと切っても切り離せない「クイズ番組」を舞台にした小説だ。読者である私たちに「ゼロ文字押し」という問題を投げかける『Q-1グランプリ』というクイズ番組は、「将棋でいうところの名人戦、野球でいうところの日本シリーズみたいなもの」として構想された。全国各地のクイズ自慢を集めるために予選を実施し、出場者のほとんどが芸能人ではなく、ルールは早押しクイズだけ、おまけに生放送……。バラエティ的な要素を徹底的に排したスポーツとしてのクイズを届ける番組だ。

『Q－1グランプリ』のストイックな姿勢は、かつてTBS系列で特番として放映された『ワールド・クイズ・クラシック』や『THEクイズ神』を想起させる。これらの番組でも、クイズプレイヤーはタレントではなくアスリートとして演出されていた。主人公の三島玲央《れお》は、本庄絆《ほんじょうきずな》が決勝戦の最終問題で行った「ゼロ文字押し」の謎を解くために『Q－1グランプリ』そのものの成り立ちを調査することになる。そこでスポットライトを当てられるのが、この番組の総合演出を務めた坂田泰彦という人物だ。坂田はこの番組で何がしたかったのか……。『君のクイズ』はクイズ番組を舞台にしたミステリー小説だ。

ところで、クイズをスポーツのように演出する坂田の姿勢は、『君のクイズ』の作者である小川哲とも重なる。小川は優れた実況兼解説者として、本作の主人公である三島と本庄の駆け引きを一問一問、丁寧に描いている。クイズと人生が交錯する瞬間の描写とその構成には、アカデミー作品賞を受賞したダニー・ボイル監督の映画『スラムドッグ$ミリオネア』（二〇〇八年）を凌駕《りょうが》するほどの技巧が凝らされていて、読み返すたびに唸《うな》ってしまう。しかもそれらの描写と並行して、クイズ番組をただ見ているだけでは決して知ることのできない高度な駆け引き、知識の運用、そして「競技クイズ」と呼ばれるスポーツの真髄が精確に描き出されているのだ。人間ドラマ的な要素とスポーツ的な要素がぴたりとはまり合って構成されているところなど、至高のスポーツドキュメンタリーを観ているときの感慨に近いものを覚える。

スポーツドキュメンタリーとしての『君のクイズ』を読みながら、「競技クイズってこんなに奥深いのか……!」と感じられた読者も多いだろう。小川は、競技クイズ関係者への取材やクイズカルチャーについて論じた文献の綿密な調査を実施している。解説を書いている私も、『君のクイズ』執筆中の小川氏に取材を受けた。友人の徳久倫康《のりやす》氏とともに受けたその取材では、私自身が実在のクイズ王・伊沢拓司《たくし》とともに『全国高等学校クイズ選手権』(高校生クイズ)で優勝したときの経験を詳しくお伝えしている。

完成した『君のクイズ』を最初に読んだとき、私が感情移入したのは三島よりも本庄だった。メディア(テレビ番組)に出ることは、もはや自分ではコントロールすることのできない自分の像を世の中に氾濫《はんらん》させていくことである。まだ何者でもない、自分に自信が持てない人間であれば、世の中に流布した「虚像」にいとも簡単に振り回されてしまう。クイズ番組に出始めたばかりの本庄も、そういったもどかしさを抱えていたのではないだろうか。しかし、本庄はテレビによって氾濫していく自分の虚像と折り合いをつけ、むしろ増殖していく自分のイメージをも利用するしたたかさを獲得したように見える。そんな本庄の姿に、私は勝手に〈高校生クイズ〉や『頭脳王』といったクイズ番組に出場していた当時の自分を重ね、そして自分には歩むことのできなかった「if」のようなものを見出してしまっていた。

話を戻そう。小川の徹底した取材によって、本作は「競技クイズ」のマニュアルとしても読むことができる作品となった。作中では、クイズ番組とは異なりクイズプレイヤーが自主開催している大会（『abc』や『高校生オープン』など）もいくつか登場しているが、これらはすべて実在の大会である。他にも、早押しクイズのテクニックとして登場する「確定ポイント」や「読ませ押し」といった言葉も、実際のクイズプレイヤーたちが使っているものだ。そしてそれらを駆使して正解に迫ろうとする三島の心理描写などは、クイズプレイヤーの頭のなかを実際に覗《のぞ》いたのではないかと思うほど真に迫っている。事実の積み重ねと緻密な構成力・表現力によって、『君のクイズ』はクイズドキュメンタリーであるかのような高いリアリティを獲得しているのだ。

しかし、小川哲はなぜここまでリアリティにこだわったのだろうか。もしくは、こだわらざるを得なかったのか。それは、小川が自らに課した「クイズ小説」という縛りに由来しているのではないか、というのが私の仮説だ。「ミステリー」や「謎解き」ではなく「クイズ」を題材にしようと思ったとき、著者にはある大きな制約が課される。それは、作中のクイズ問題で扱われている事実がフィクションであってはならない、というものだ。

本作にもたくさんのクイズが登場するが、どの問題も、隣にいる友人にそのままクイズとして出題しても成り立つ「リアルな」クイズになっている。もし、これらのクイズのなかに『君のクイズ』の作中でしか成立しない問題が紛れ込んでしまったら、作品のリアリティは大きく揺るがされることになるだろう。解答者が正解にたどり着くための駆け引きやロジック、記憶をたどる思考からもリアリティが失われて、『Q－1グランプリ』をクイズ番組として楽しむことはできなくなってしまう。だからこそ、『君のクイズ』の舞台は実在の世界であると読者に思わせなければならない。日和山《ひよりやま》もチャルディラーンの戦いも『Undertale』も、本当に存在するのだと安心して読めるような小説にしなければならないのだ。クイズによって、『君のクイズ』という小説のリアリティラインがあらかじめ定められてしまっていると言ってもよいだろう。

ところが、『君のクイズ』はこのリアリティラインを素直になぞるような作品ではなかった。本作はいちど読み始めたら二時間足らずで読み終えられてしまうほど読みやすく、読者の心を摑《つか》んで離さないテンポの良さが魅力の作品だ。しかしながら、ストレスなくスラスラと読ませるストーリー展開のなかで、多くの人がページを捲《めく》る手を止めてしまったのではないかと思う箇所がある。思わずスマートフォンに手を伸ばし、検索してしまった人もいるのではないだろうか。

「ママ・クリーニング小野寺よ」

本庄絆が『Q-1グランプリ』の優勝を決める最終問題で驚愕《きょうがく》のゼロ文字押しをしたときの解答だ。対戦相手の三島はその解答を聞いて「極度の緊張で、本庄絆の頭がおかしくなってしまったのではないかと疑った」。それまでの人生で「ママ・クリーニング小野寺よ」を聞いたことのなかった多くの読者が、このシーンで三島への共感を一気に深めただろう。それだけ「ママ・クリーニング小野寺よ」という単語は、名詞としても、クイズの答えとしても異質な雰囲気を放っている。それが正解になったことで、読者は「なにこれ？　本当にあるの？」と、『君のクイズ』のリアリティラインを意識せざるを得なくなってしまう。そこで本をいったん脇に置いて、スマートフォンで調べてみるのだが……なんと、実在するのだ、これが。それを確認してようやく、私たちは物語の世界へと戻っていくことができる。

読者を物語に没頭させながら、本の世界とちゃんとつながっているという安心感をあえて揺さぶるような解答のチョイスと描写。クイズにおける、そしてクイズ小説におけるアクロバティックが「ゼロ文字押し」によって物語の中心に置かれ続けるシュールさ。これが『君のクイズ』をクイズ小説の傑作たらしめている要素だと私は思う。本庄が「ママ・クリーニング小野寺よ」と発言するシーンを三島は何百回見返したのだろうかと想像せずにはいられないではないか。

クイズという題材が小説に求めるリアリティラインと『君のクイズ』についての考察は、この作品のもうひとつの謎へと私たちを誘う。それは、本庄絆という存在だ。彼は物語の最後まで、三島にとっても、読者にとってもその行動原理が謎めいた存在であり続ける。自主開催のクイズ大会を主戦場とする三島に対して、本庄はクイズ番組を主戦場とするクイズプレイヤーとして描かれている。このような棲《す》み分けは現実のクイズ界でも見られるものだが、作中で気になるのは次のような描写の差だ。三島のエピソードで挙げられるクイズ大会（『abc』や『高校生オープン』など）が実在のものであるのに対して、本庄のエピソードをはじめとして作中で挙げられるクイズ番組はすべて架空のものである。この場合、登場するクイズ番組が架空のものであることが作品のリアリティに影響を及ぼしているわけではない。だが、本庄絆という謎に向き合おうとしたとき、この差は重要なものに思えてくる。

三島や三島の先輩である富塚らは、実在するクイズ大会にも参加して腕を磨いてきたクイズプレイヤーだ。それに対して本庄は、純粋なクイズ番組原産のクイズプレイヤーである。このことと、作中のクイズ番組がすべて架空のものであるという事実を並べてみたとき、この作品のなかで本庄絆ただひとりだけが、私たちの世界から決定的に切り離された孤独な存在に思えてくるのである。

幻のような出自を持った本庄は作中でも一貫してメディア的な振る舞いの範囲内にいる。誰にどんな働きを求められているのか、どうすればウケるのか。環境に対する高度な読みを働かせてメディア的な存在としての自己を肥大化させていく本庄の実像は、三島にも私たちにもはっきりとは見えてこない。それは私たちの世界と本庄の世界が、ギリギリのところで重なっていないからかもしれない。出題者の世界と解答者の世界が重なり合わなければ、答えがひとつに確定することはないのだ。

答えがひとつに確定しないのであれば、それは解答者に委ねられているということになるだろうか。本庄絆という謎に対して三島が出した答えは、それは「君のクイズ」であって「僕のクイズ」ではない、という決別だった。『君のクイズ』を読んだあなたは、どんな答えを導き出すだろうか。

（たむら　ただし／哲学研究者、クイズプレイヤー）

初出　「小説トリッパー」二〇二二年夏季号

君《きみ》のクイズ
朝日文庫

2025年4月30日　第1刷発行

著　　者　小川《おがわ》　哲《さとし》

発 行 者　宇都宮健太朗
発 行 所　朝日新聞出版
〒104-8011　東京都中央区築地5-3-2
電話　03-5541-8832（編集）
03-5540-7793（販売）
印刷製本　株式会社DNP出版プロダクツ

ISBN978-4-02-265193-8